U0789145

四書五經

珍藏版

赵文博 主编

叁

辽海出版社

第二章

【原文】

孟子见梁惠王，王立于沼上，顾鸿雁、麋鹿，曰："贤者亦乐此乎？"①孟子对曰："贤者而后乐此。不贤者虽有此，不乐也。②《诗》云：'经始灵台，经之营之。庶民攻之，不日成之。经始勿亟，庶民子来。王在灵囿，麀鹿攸伏。麀鹿濯濯，白鸟鹤鹤。王在灵沼，於牣鱼跃。'文王以民力为台为沼，而民欢乐之，谓其台曰灵台，谓其沼曰灵沼，乐其有麋鹿鱼鳖。古之人与民偕乐，故能乐也。③《汤誓》曰：'时日害丧？予及女偕亡。'民欲与之偕亡，虽有台池鸟兽，岂能独乐哉？"④

【注释】

①乐，音洛。篇内同。沼，池也。鸿，雁之大者。麋，鹿之大者。

②此一章之大指。

③亟，音棘。麀，音忧。鹤，《诗》作濯，户角反。於，音乌。此引《诗》而释之，以明贤者而后乐此之意，诗，《大雅·灵台》之篇。经，量度也。灵台，文王台名也。营，谋为也。攻，治也。不日，不终日也。亟，速也，言文王戒以勿亟也。子来，如子来趋父事也。灵囿、灵沼，台下有

规君同乐

囿，囿中有沼也。麀牝鹿也。伏，安其所，不惊动也。濯濯，肥泽貌。鹤鹤，洁白貌。於，叹美辞。牣，满也。孟子言文王虽用民力，而民反欢乐之，既加以美名，而又乐其所有，盖由文王能爱其民，故民乐其乐，而文王亦得以享其乐也。

④害，音曷。丧，去声。女，音汝。此引《书》而释之，以明"不贤者虽有此，不乐"之意也。汤誓，《商书》篇名。时，是也。日，指夏桀。害，何也。桀尝自言，"吾有天下，如天之有日，日亡，吾乃亡耳。"民怨其虐，故因其自言而目之曰："此日何时亡乎？若亡，则我宁与之俱亡。"盖欲其亡之甚也。孟子引此，以明君独乐而不恤其民，则民怨之而不能保其乐也。

【译文】

孟子晋见梁惠王。王站在池塘边，一边欣赏着鸟兽，一边说道："有德行的也享受这种快乐吗？"孟子答道："只有有德行的人才能体会到这种快乐，没有德行的人纵然有这一切，也没法享受。怎么这样说呢？我拿周文王和夏桀的史实作例子来说明吧。《诗经·大雅·灵台篇》中写道：'开始筑灵台，经营又经营。大家齐努力，很快就完成。王说不要急，百姓更卖力。王到鹿苑中，母鹿正安逸。母鹿亮又肥，白鸟羽毛洁。王到灵沼上，满池鱼跳跃。'周文王虽然用了百姓的力量来筑高台挖深池，可是百姓高兴这样做，他们管这台做'灵台'，管这池做'灵沼'，还高兴那里有许多麋鹿和鱼鳖。古时候的圣君贤王因为能与老百姓一同快乐，所以能得到真正的快乐。〔夏桀却恰恰相反，百姓诅咒他死，他却自比太阳道，太阳什么时候消灭，我才什么时候死亡。〕《汤誓》中便记载着老百姓的怨歌：'太阳呀，你什么时候灭亡呢？我宁肯和你一道去死！'老百姓恨不得与他同归于尽，纵然有高台深池，奇禽异兽，他又怎么能够独自享受呢？"

第三章

【原文】

梁惠王曰："寡人之于国也，尽心焉耳矣。河内凶，则移其民于河东，移其粟于河内；河东凶，亦然。察邻国之政，无如寡人之用心者。邻国之民不加少，寡人之民不加多，何也？"①孟子对曰："王好战，请以战喻。填然鼓之，兵刃既接，弃甲曳兵而走，或百步而后止，或五十步而后止。以五十步笑百步，则何如？"曰："不可，直不百步耳，是亦走也。"曰："王如知此，则无望民之多于邻国也。②不违农时，谷不可胜食也；数罟不入洿池，鱼鳖不可胜食也；斧斤以时入山林，材木不可胜用也。谷与鱼鳖不可胜食，材木不可胜用，是使民养生丧死无憾也。养生丧死无憾，王道之始也。③五亩之宅，树之以桑，五十者可以衣帛矣。鸡豚狗彘之畜，无失其时，七十者可以食肉矣。百亩之田，勿夺其时，数口之家可以无饥矣。谨庠序之教，申之以孝悌之义，颁白者不负戴于道路矣。七十者衣帛食肉，黎民不饥不寒，然而不王者，未之有也。④狗彘食人食而不知检，涂有饿莩而不知发。人死，则曰：'非我也，岁也。'是何异于刺人而杀之，曰：'非我也，兵也。'王无罪岁，斯天下之民至焉。"⑤

【注释】

①寡人，诸侯自称，言寡德之人也。河内、河东，皆魏地。凶，岁不熟也。移民以就食，移粟以给其老稚之不能移者。

②好，去声。填，音田。填，鼓音也。兵以鼓进，以金退。直，犹但也。言此以譬邻国不恤其民，惠王能行小惠，然皆不能行王道以养其民，不可以此而笑彼也。杨氏曰："移民移粟，荒政之所不废也，然不能行先王之道，而徒以是为尽心焉，则末矣。"

③胜，音升。数，音促。罟，音古。洿音乌。农时，谓春耕、夏耘、秋收之时；凡有兴作，不违此时，至冬乃役之也。不可胜食，言多也。数，密也。罟，网也。洿窊下之地，水所聚也。古者网罟必用四寸之目，鱼不满尺，市不得粥，人不得食。山林川泽，与民共之，而有厉禁，草木零落，然后斧斤入焉。此皆为治之初，法制未备，且因天地自然不利，而撙节爱养之事也。然饮食、宫室所以养生，祭祀、棺椁所以送死，皆民所急而不可无者，今皆有以资之，则人无所恨矣。王道以得民心为本，故以此为王道之始。

④衣，去声。畜，敕六反。数，去声。王，去声。凡有天下者，人称之曰王，则平声；据其身临天下而言曰王，则去声。后皆仿此。五亩之宅，一夫所受，二亩半在田，二亩

半在邑。田中不得有木，恐妨五谷，故于墙下植桑以供蚕事。五十始衰，非帛不煖，未五十者不得衣也。畜，养也。时，谓孕字之时，如孟春牺牲毋用牝之类也。七十非肉不饱，未七十者不得食也。百亩之田，亦一夫所受。至此则经界正，井地均，无不受田之家矣。庠、序，皆学名也。申，重也。叮咛反复之意。善事父母为孝，善事兄长为悌。颁，与斑同，老人头半白黑者也。负，任在背。戴，任在首。夫民衣食不足，则不暇治礼义；而饱煖无教，则又近于禽兽，故既富而教以孝悌，则人知爱亲敬长而代其劳，不使之负戴于道路矣。衣帛食肉，但言七十，举重以见轻也。黎，黑也。黎民，黑发之人，犹秦言黔首也。少壮之人虽不得衣帛食肉，然亦不至于饥寒也。此言尽法制品节之详，极裁成辅相之道，以左右民，是王道之成也。

⑤莩，平表反。刺，七亦反。检，制也。莩，饿死人也。发，发仓廪以赈贷也。岁，谓岁之丰凶也。惠王不能制民之产，又使狗彘得以食人之食，则与先王制度品节之意异矣。至于民饥而死，犹不知发，则其所移，特民间之粟而已，乃以民不加多，归罪于岁凶，是知刃之杀人，而不知操刃者之杀人也。不罪岁，则必能自反，而益修其政，天下之民至焉，则不但多于邻国而已。

【译文】

梁惠王说："我治理国家，真是费尽了心机。河内遭了灾，粮食歉收，我就把河内的一些百姓迁移到河东去，又把河东的粮食运到河内来赈济百姓。若是河东遭了灾也是这样。考察邻国治理国家，没有像我这样用心尽力的。可是，邻国的百姓也没有减少，我国的百姓也没有增多，这是为什么呢？”

孟子回答说："大王好打仗，请让我用打仗来做比喻。战鼓隆隆，刀枪相接，面对面搏杀，打了败仗的一方丢盔弃甲，拖着兵器逃跑，有些人跑了一百步后停了下来，有些人只跑了五十步就停下来了。那些只跑了五十步的人就嘲笑跑了一百步的人胆小怕死，结果会怎样呢？”

梁惠王说："那些嘲笑别人胆小怕死的人，不过是不到一百步罢了，实质上也是逃跑了。"

孟子说："大王既然懂得这个道理，就不会再企望自己的百姓多于邻国。如果不违背农时，收获的粮食就吃不完；不用细密的渔网在池塘里打鱼，鱼鳖就吃不完；有节制地进入山林砍伐木柴，木材也就用不完。粮食和鱼鳖吃不完，木材也用不完，就能使百姓对养生送死都没有什么可遗憾的。对养生送死没有遗憾，这就是以仁义治理天下的开始。五亩大的宅院，种上桑树，五十岁以上的人就可以穿上丝帛衣服。家禽家畜的饲养，都有一定的规矩，七十岁以上的老人就能有肉吃。在百亩的田地中，按照农时来进行耕种，一家人都不再挨饥受饿。认真办好学校，反复宣讲孝悌的道理，头发花白的老人就不会背负着重物在路上行走。七十岁的老人有丝帛衣服穿，有肉吃，老百姓不挨冻受饿，能做到这一步而不被百姓拥护称王的，从来没有过。但若是富人家的猪狗和人吃得一样好，却没有人去制止，道路上有饿死的人却还不发粮赈济。百姓饿死了，却说'不是我的错，是年成不好。'这和用兵器杀了人，却说'不是我杀的人，是兵器杀的'有什么两样？大王不再归罪于年成不好，这样天下的百姓就来归顺您了。"

第四章

【原文】

梁惠王曰："寡人愿安承教。"①孟子对曰："杀人以梃与刃，有以异乎？"曰："无以异也。"②"以刃与政，有以异乎？"曰："无以异也。"③曰："庖有肥肉，厩有肥马，民有饥色，野有饿莩。此率兽而食人也。④兽相食，且人恶之。为民父母行政，不免于率兽而食人，恶在其为民父母也？⑤仲尼曰：'始作俑者，其无后乎！'为其象人而用之也。如之何其使斯民饥而死也？"⑥

【注释】

①承上章言愿安意以受教。

②梃，徒顶反。梃，杖也。

③孟子又问而王答也。

④厚敛于民以养禽兽，而使民饥以死，则无异于驱兽以食人矣。

⑤恶之之"恶"，去声。恶在之"恶"，阴平。君者，民之父母也。恶在，犹言何在也。

楚昭王弃郢西奔

⑥俑，音勇。为，去声。俑，从葬木偶人也。古之葬者，束草为人，以为从卫，谓之刍灵，略似人形而已。中古易之以俑，则有面目机发，而太似人矣。故孔子恶其不仁，而言其必无后也。孟子言此作俑者，但用象人以葬，孔子犹恶之，况实使民饥而死乎。

【译文】

梁惠王（对孟子）说："我愿乐意地接受您的教导。"

孟子回答道："用棍棒和用刀子杀害人，有什么不同吗？"

惠王说："没有什么不同。"

（孟子紧接上去问道）"用刀子和用政治杀害人有什么不同吗？"

惠王说："没有什么不同。"

孟子说："厨房里摆着肥美的肉食，马栏里关着膘肥体壮的马匹，老百姓却面有饥色，田野上横陈着饿死者的尸体，这无异于赶着兽类去吃人。兽类自相残食，人们尚且憎恶他们这种行为；那些号称为民父母的执政者，办理政事时，不免干出类似驱赶兽类去吃人的勾当来，那么，他们作为人民父母的意义又在哪里呢？孔仲尼说过一句这样的话：'第一个制作殉葬用的木（土）偶的人，该会没有后代留下吧！'（孔子对这个为什么要深恶痛绝呢？）就因为用了像人形貌的木（土）偶去殉葬。（照这样看来，办理政事的人）又怎么可以使这些老百姓饥饿至死呢？"

第五章

【原文】

　　梁惠王曰："晋国，天下莫强焉，叟之所知也。及寡人之身，东败于齐，长子死焉；西丧地于秦七百里；南辱于楚。寡人耻之，愿比死者一洒之，如之何则可？"①孟子对曰："地方百里而可以王。②王如施仁政于民，省刑罚，薄税敛，深耕易耨。壮者以暇，日修其孝悌忠信，入以事其父兄，出以事其长上。可使制梃以挞秦、楚之坚甲利兵矣。③彼夺其民时，使不得耕耨以养其父母。父母冻饿，兄弟妻子离散。④彼陷溺其民，王往而征之，夫谁与王敌？⑤故曰：'仁者无敌。'王请勿疑？"⑥

【注释】

　　①长，上声。丧，去声。洒，与洗同。魏本晋大夫魏斯，与韩氏、赵氏共分晋地，号曰三晋，故惠王犹自谓晋国。惠王三十年，齐击魏，破其军，虏太子申；十七年，秦取魏少梁，后魏又数献地于秦；又与楚将昭阳战，败亡其七邑。比，犹为也，言欲为死者雪其耻也。

　　②百里，小国也。然能行仁政，则天下之民归之矣。

　　③省，所梗反。敛、易，皆去声。耨，奴豆反。长，上声。省刑罚，薄税敛，此二者仁政之大目也。易，治也。

耨，耘也。尽己之谓忠，以实之谓信。君行仁政，则民得尽力于农亩，而又有暇，日以修礼义，是以尊君亲上而乐于效死也。

④养，去声。彼，谓敌国也。

⑤夫，音扶。陷，陷于阱；溺，溺于水，暴虐之意。征，正也。以彼暴虐其民，而率吾尊君亲上之民往正其罪，彼民方怨其上而乐归于我，则谁与我为敌哉？

⑥仁者无敌，盖古语也。百里可王，以此而已。恐王疑其迂阔，故勉使勿疑也。

【译文】

梁惠王说："魏国的强大，在当时天下是没有别的国家能够赶得上的，这一点，您自然很清楚。但到了我这时代，东边和齐国打了一仗，杀得我大败，连我的大儿子都牺牲了；西边又败给秦国，丧失了河西的地方七百里之多；南边又被楚国抢去了八个城池。我实在认为这是奇耻大辱，希望能够替我国所有的战死者报仇雪恨，您说该怎么办才行？"

孟子回答说："只要有纵横一百里的小国，就可以实行仁政而使天下归服，何况魏国还是个大国呢！您如果向百姓推行仁政，减少刑罚，减轻赋税，叫百姓能够深耕细作，早除荒草；还使年轻的人在闲暇时间来讲求孝顺父母、敬爱兄长、为人尽心竭力、待人忠诚守信的道德，而且运用这些道德，在家就来侍奉父兄，上朝就来尊敬上级，这样，就是拿着木棒也可以抗击拥有坚实盔甲、锐利刀枪的秦楚军队了。

那秦国、楚国经常征兵，侵占了百姓的生产时间，使他们不能耕种来养活父母。他们的父母挨饿受冻，兄弟妻子东逃西散。秦王、楚王使他们的百姓陷于痛苦的深渊中。您去讨伐他，那有谁来抵抗您呢？所以老话曾经说过，'仁德的人是无敌于天下的。'您不要怀疑了吧！"

第六章

【原文】

孟子见梁襄王，①出，语人曰："望之不似人君，就之而不见所畏焉。卒然问曰：'天下恶乎定？'吾对曰：'定于一。'②'孰能一之？'③对曰：'不嗜杀人者能一之。'④'孰能与之？'⑤对曰：'天下莫不与也。王知夫苗乎？七八月之间旱，则苗槁矣；天油然作云，沛然下雨，则苗浡然兴之矣。其如是，孰能御之？今夫天下之人牧，未有不嗜杀人者也；如有不嗜杀人者，则天下之民皆引领而望之矣。诚如是也，民归之，由水之就下，沛然谁能御之？'"⑥

【注释】

①襄王，惠王子，名赫。

②语，去声。卒，仓没反。恶，阴平。语，告也。不似人君，不见所畏，言其无威仪也。卒然，急遽之貌。盖容貌辞气，乃德之符，其外如此，则其中之所存者可知。王问列国分争，天下当何所定，孟子对以必合于一，然后定也。

③王问也。

④嗜，甘也。

⑤王复问也。与，犹归也。

⑥夫，音扶。浡，音勃。由，当作犹，古字借用。后多放此。周七八月，夏五六月也。油然，云盛貌。沛然，雨盛貌。浡然，兴起貌。御，禁止也。人牧，谓牧民之君也。领，颈也。盖好生恶死，人心所同，故人君不嗜杀人，则天下悦而归之。

【译文】

孟子谒见了梁襄王，出来以后，告诉人说："远远望去，不像个国君的样子；走近他，也看不到他的威严。他突然问我："天下要怎样才能安定呢？"

"我回答说："天下归于一统，就能安定。"

"他又问："谁能统一天下呢？"

"我又回答说："不好杀人的国君，就能统一天下。"

"他又问："那有谁来跟随他呢？"

"我又回答说："天下的人没有不跟随他的。您懂得禾苗的情况吗？当七八月间，若是长期不下雨，禾苗自然就枯萎了。如果是一阵乌云出现，哗啦哗啦地下起大雨来，禾苗就又猛然茂盛地生长起来。像这样，有谁能够阻挡得住呢？如今各国的君王，没有一个不好杀人的。如果有一位不好杀人的君王，那么，天下的百姓就会伸长脖子期待他来解救了。真是这样，百姓归附于他，跟随他走，好像水向下奔流一样，又有谁能够阻挡得住呢？'"

第七章

【原文】

齐宣王问曰："齐桓、晋文之事，可得闻乎？"①孟子对曰："仲尼之徒无道桓、文之事者，是以后世无传焉。臣未之闻也。无以，则王乎？"②曰："德何如，则可以王矣？"曰："保民而王，莫之能御也。"③曰："若寡人者，可以保民乎哉？"曰："可。"曰："何由知吾可也？"曰："臣闻之胡龁曰：王坐于堂上，有牵牛而过堂下者。王见之，曰：'牛何之？'对曰：'将以衅钟。'王曰：'舍之。吾不忍其觳觫。若无罪而就死地。'对曰：'然则废衅钟与？'曰：'何可废也？以羊易之。'不识有诸？"④曰："有之。"曰："是心足以王矣。百姓皆以王为爱也，臣固知王之不忍也。"⑤王曰："然。诚有百姓者。齐国虽褊小，吾何爱一牛？即不忍其觳觫，若无罪而就死地，故以羊易之也。"⑥曰："王无异于百姓之以王为爱也。以小易大，彼恶知之？王若隐其无罪而就死地，则牛羊何择焉？"王笑曰："是诚何心哉？我非爱其财而易之以羊也，宜乎百姓之谓我爱也。"⑦曰："无伤也，是乃仁术也，见牛未见羊也。君子之于禽兽也，见其生，不忍见其死；闻其声，不忍食其肉，是以君子远庖厨也。"⑧

【注释】

①齐宣王，姓田氏，名辟疆，诸侯僭称王也。齐桓公、

晋文公，皆霸诸侯者。

②道，言也。董子曰："仲尼之门，五尺童子羞称五霸，为其先诈力而后仁义也。"亦此意也。以，已通用。无已，必欲言之而不止也。王，谓王天下之道。

③保，爱护也。

④龁，音核。舍上，上声。觳，音斛。觫，音速。与，平声。胡龁，齐臣也。衅钟，新铸钟成，而杀牲取血以涂其衅郄也。觳觫，恐惧貌。孟子述所闻胡龁之语而问王不知果有此事否。

⑤王见牛之觳觫而不忍杀，即所谓"恻隐之心，仁之端也"。扩而充之，则可以保四海矣。故孟子指而言之，欲王察识于此而扩充之也。爱，犹吝也。

⑥言以羊易牛，其迹似吝，实有如百姓所讥者，然我之心不如是也。

⑦异，怪也。隐，痛也。择，犹分也。言牛羊皆无罪而死，何所分别，而以羊易牛乎？孟子故设此难，欲王反求而得其本心，王不能然，故卒无以自解于百姓之言也。

⑧远，去声。无伤，言虽有百姓之言，不为害也。术，谓法之巧者。盖杀牛既所不忍，衅钟又不可废。于此无以处之，则此心虽发，而终不得施矣。然见牛，则此心已发而不可遏；未见羊，则其理未形而无所妨，故以羊易牛，则二者得以两全而无害。此所以为仁之术也。声，谓将死而哀鸣也。盖人之于禽兽，同生而异类，故用之以礼，而不忍之心，施于见闻之所及，其所以必远庖厨者，亦以预养是心，

而广为仁之术也。

【译文】

齐宣王问孟子说："齐桓公、晋文公春秋称霸的事迹，可以讲给我听吗？"

孟子回答说："孔夫子的学生，没有谈论齐桓公、晋文公的事迹的，所以春秋以后就没有流传下来，我也没有听到过。如果您一定要听听，那么谈谈以德称王的'王'道如何呢？"

宣王道："以德怎样才可以称王呢？"

孟子回答："用使百姓安定的'保民'的方法称王，没有人可以阻挡。"

宣王问："像我这样的人，可以做到'保民'吗？"

孟子回答："可以。"

宣王问："你根据什么来说我可以呢？"

孟子回答："我曾听到胡龁说过这样一件事：王坐在殿堂之上，有一个人牵着牛从殿前走过，您见到了，问道：'这头牛要牵到哪儿去？'回答说：'准备宰了祭钟。'您说：'放了它吧！我不忍心看到它哆嗦，毫无罪过而被送到屠宰场。"牵牛人问道："那么，废除祭钟的礼仪吗？'您说：'怎么能废除呢？用羊来代替！'——不知道有这回事吗？"

宣王道："有这回事。"

孟子道："有这样的心足可以称王天下了。百姓都以为王是吝啬爱财，我原就知道您有'不忍'之心。"

宣王道："是啊，的确有这样的百姓。齐国虽然小，我

火攻姚襄

何至于吝惜一头牛？只不过不忍心看到它哆嗦，毫无罪过就被送进屠宰场，所以用羊来代替牛。"

孟子说："百姓认为您吝啬爱财，您不必奇怪。用小的来代替大的，老百姓哪里知道您的心思呢？不过，您如果可怜它无罪而送死这一点，那么牛与羊有什么区别呢？"

宣王笑道："实在说来，这是一种什么样的想法？（我自己也说不清楚。）我的本意并不为了爱财而用羊代替牛。（但从表面上看，）百姓说我是吝啬爱财，说的也在理。"

孟子说："没有关系，仁爱的道理就是这样（在具体环境中体现），只不过您见到了牛而没有见到羊罢了！君子对于禽兽动物，看见它活着，不忍心见到它死去；听到它的哀鸣声，不忍心吃它的肉。所以君子都离厨房远远的。"

【原文】

王说，曰："《诗》云：'他人有心，予忖度之。'夫子之谓也。夫我乃行之，反而求之，不得吾心。夫子言之，于我心有戚戚焉。此心之所以合于王者，何也？"[①]曰："有复于王者曰：'吾力足以举百钧，而不足以举一羽；明足以察秋毫之末，而不见舆薪。'则王许之乎？"曰："否。""今恩足以及禽兽，而功不至于百姓者，独何与？然则一羽之不举，为不用力焉；舆薪之不见，为不用明焉；百姓之不见保，为不用恩焉。故王之不王，不为也，非不能也。"[②]曰："不为者与不能者之形，何以异？"曰："挟太山以超北海，语人曰：

'我不能。'是诚不能也。为长者折枝，语人曰：'我不能。'是不为也，非不能也。故王之不王，非挟太山以超北海之类也；王之不王，是折枝之类也。[3]老吾老，以及人之老；幼吾幼，以及人之幼：天下可运于掌。《诗》云：'刑于寡妻，至于兄弟，以御于家邦。'言举斯心加诸彼而已。故推恩足以保四海，不推恩无以保妻子。古之人所以大过人者无他焉，善推其所为而已矣。今恩足以及禽兽，而功不至于百姓者，独何与？[4]权，然后知轻重；度，然后知长短。物皆然，心为甚。王请度之。[5]

【注释】

①说，音悦。忖，仓本反。度，待洛反。夫我之"夫"，音扶。诗，《小雅·巧言》之篇。戚戚，心动貌。王因孟子之言，而前日之心复萌，乃知此心不从外得，然犹未知所以反其本而推之也。

②与，阴平。为不之"为"，去声。复，白也。钧，三十斤。百钧，至重难举也。羽，鸟羽。一羽，至轻易举也。秋毫之末，毛至秋而末锐，小而难见也。舆薪，以车载薪，大而易见也。许，犹可也。"今恩"以下，又孟子之言也。盖天地之性，人为贵。故人之与人，又为同类而相亲。是以恻隐之发，则于民切而于物缓；推广仁术，则仁民易而爱物难。今王此心能及物矣，则其保民而王，非不能也，但自不肯为耳。

③语，去声。为长之"为"，去声。长，上声。折，之舌反。形，状也。挟，以腋持物也。超，跃而过也。为长者

折枝，以长者之命，折草木之枝，言不难也。是心固有，不待外求，扩而充之，在我而已，何难之有？

④与，阴平。老，以老事之也。吾老，谓我之父兄；人之老，谓人之父兄。幼，以幼畜之也。吾幼，谓我之子弟；人之幼，谓人之子弟。运于掌，言易也。诗，《大雅·思齐》之篇。刑，法也。寡妻，寡德之妻，谦辞也。御，治也。不能推恩，则众叛亲离，故无以保妻子。盖骨肉之亲，本同一气，又非但若人之同类而已。故古人必由亲亲推之，然后及于仁民；又推其余，然后及于爱物：皆由近以及远，自易以及难。今王反之，则必有故矣。故复推本而再问之。

⑤度之之"度"，待洛反。权，称锤也。度，丈尺也。度之，谓称量之也。言物之轻重长短，人所难齐，必以权、度度之而后可见。若心之应物，则其轻重长短之难齐，而不可不度以本然之权度。又有甚于物者，今王恩及禽兽而功不至于百姓，是其爱物之心重且长，而仁民之心轻且短，失其当然之序，而不自知也。故上文既发其端，而于此请王度之也。

【译文】

宣王很高兴，说道："《诗经》上说：'别人的心思，我能揣摩到。'您正是这样的人。而我呢，做这件事后回头自问，却体会不到自己的心理。您说到了我的心上，（所以）我的心也有感而动。我的内心之所以合于王道仁术，是什么原因呢？"

孟子说："如果有人向您报告说：'我的力气足可以举起

一百钧的重物，却不能托起一支羽毛；我的视力足可以分辨秋天鸟羽尖端的细毛，却看不见一车子木柴。’那么您赞成这种话吗？”

宣王回答：“不赞成。”

孟子又说：“如今您的恩泽大到可以施及于鸟兽，而人民百姓却偏偏享受不到，这是为了什么呢？而那些托不起一支羽毛的人，是因为不用臂力的缘故；看不见一车木柴的人，是因为不用视力的缘故；人民百姓得不到保护，是因为不施行恩泽的缘故。所以说，您没有成为仁德的圣王，只是不肯去做，而不是不能做到。”

宣王问道：“不肯去做与不能做到，在现象上有什么区别吗？”

孟子回答：“如果说用胳膊夹着泰山去跳过北海，对别人说：‘我做不到。’这是真的做不到。要是说对岁数大的人弯腰鞠躬，对别人说：‘我做不到。’这是不去做，而不是做不到。所以说，您没有成为仁德的圣王，并不是属于夹着泰山去跨过北海的一类；您没有成为仁德的圣王，是属于对岁数大的人弯腰鞠躬一类的。

“尊敬赡养我自己家中的长辈，从而推广到尊敬赡养别人家里的长辈；关怀抚养我自己家中的晚辈，从而推广到关怀抚养别人家里的晚辈。（按此原则去做，）天下国家的管理就如同运作在手心之内。《诗经》上说：‘先给妻子做榜样，然后推广到兄弟，最后推广到宗室以至国家。’这不过就是说，用同样的‘心’扩充到其他的方面（并不是难于做到的事情）。所以说，推广扩大恩惠，足可以保卫四海的安定，

礼聘适梁

否则，连自己的妻子儿女也保护不了。古代的圣人之所以大大地超过一般人，没有别的难于做到的特殊本领，只不过是善于由近及远地推广他发自内心的好行为。如今您的恩泽足可以达到禽兽身上，而老百姓却得不到好处，偏偏是为了什么呢？

"秤一秤，然后才知道轻重；量一量，然后才知道长短。事物都是一样的道理，人的心，更是如此。大王，请您好好想一想吧！"

【原文】

抑王兴甲兵，危士臣，构怨于诸侯，然后快于心与？"①王曰："否。吾何快于是？将以求吾所大欲也。"②曰："王之所大欲，可得闻与？"王笑而不言。曰："为肥甘不足于口与？轻煖不足于体与？抑为采色不足视于目与？声音不足听于耳与？便嬖不足使令于前与？王之诸臣，皆足以供之，而王岂为是哉？"曰："否。吾不为是也。"曰："然则王之所大欲可知已：欲辟土地，朝秦楚，莅中国，而抚四夷也。以若所为，求若所欲，犹缘木而求鱼也。"③王曰："若是其甚与？"曰："殆有甚焉！缘木求鱼，虽不得鱼，无后灾。以若所为，求若所欲，尽心力而为之，后必有灾。"曰："要得闻与？"曰："邹人与楚人战，则王以为孰胜？"曰："楚人胜。"曰："然则小固不可以敌大，寡固不可以敌众，弱固不可以敌强。海内之地，方千里者九，齐集有其一。以一服八，何以异于邹敌楚哉？盖亦反其本矣。④今王发政施仁，使天下仕者皆欲立于王之朝；耕者皆欲耕于王之野；商贾皆欲藏于王之市；行旅皆欲出于王之涂；天下之欲疾其君者，皆欲赴愬于王：其若是，孰能御之？”⑤

【注释】

①与，阴平。抑，发语词。士，战士也。构，结也。孟子以王爱民之心所以轻且短者，必其以是三者为快也。然三事实非人心之所快，有甚于杀觳觫之牛者。故指以问王，欲其以此而度之也。

②不快于此者，心之正也。而必为此者，欲诱之也。欲之所诱者独在于是，是以其心尚明于他而独暗于此。此其爱民之心所以轻短，而功不至于百姓也。

③与，阴平。为肥、抑为、岂为、不为之“为”，皆去声。便、令，皆阴平。便，音骈。避与闢同。朝，音潮。便嬖，近习嬖幸之人也。已，语助词。辟，开广也。朝，致其来朝也。秦楚，皆大国，莅，临也。若，如此也。所为，指兴兵结怨之事。缘木求鱼，言必不可得。

④甚与、闻与之“与”，阴平，殆、盖，皆发语词。邹，小国。楚，大国。齐集有其一，言集合齐地，其方千里，是有天下九分之一也。以一服八，必不能胜，所谓后灾也。反本，说见下文。

⑤朝，音潮。贾，音古。愬，与诉同。行货曰商，居货曰贾。发政施仁，所以王天下之本也。近者悦，远者来，则大小强弱，非所论矣。盖力求所欲，则所欲者反不可得；能

反其本，则所欲者不求而至。与首章意同。

【译文】

"或者说，您征集调动军队，让将士冒战争危险，与其他诸侯国家结下怨仇，然后心里才感到愉快吗？"

宣王答道："不。我怎么能以这些为愉快呢？我这样做，不过是为了使我最大的欲望得到满足。"

孟子说："您的最大欲望，可以说给我听吗？"

宣王只是笑，没有回答。

孟子问："是肥美的食物不能满足口腹的欲求吗？是轻暖的衣服不能满足自身的欲求吗？还是缤纷的色彩不能满足视觉的欲求？美妙的音乐不能满足听觉的欲求？宠幸的人不能随您使唤？您的臣下们足可以把这些供奉给您，难道您就是为了这些吗？"

宣王答道："不。我不是为了这些。"

孟子说："那样的话，您的最大欲望我可以知道了。您想要扩大领土，使秦国、楚国都来朝贡，君临中国而安抚四周的外族。但是，以您的所作所为，来求得您的欲望，就好比是爬到树上却想抓住鱼一样。"

宣王问："真的有如此严重吗？"

孟子回答："可能比这还有过之。爬到树上去抓鱼，虽然得不到鱼，却没有灾祸。而以您的所作所为去求取您的欲望，尽心尽力地去做，结果必定有灾祸。"

宣王问："能说给我听听吗？"

孟子说："如果邹国与楚国打仗，那么您以为谁能得胜？”

　　宣王答：“楚国胜。”

　　孟子说：“这就是说，小国必定打不过大国，人口稀少的必定打不过人口众多的，弱国必定打不过强国。四海之内的土地，方圆一千里的有九块，齐国加起来也就是九分之一。以九分之一去征服九分之八，这跟邹国与楚国打仗有什么区别呢？所以，还是要返回到根本上来讨论。

　　“如今王如果施行仁政，使天下做官的人都想为齐国的朝廷服务，天下的农民都想在齐国的土地上耕种，天下的商人都想把货物囤藏于齐国的集市，天下的行人客旅都想出入于齐国的道路，天下的那些怨恨本国君主的人都想赶来向您诉说。如果情况是这样，谁能抵挡得住您呢？”

【原文】

　　王曰：“吾惛，不能进于是矣。愿夫子辅吾志，明以教我。我虽不敏，请尝试之。”①曰：“无恒产而有恒心者，惟士为能。若民，则无恒产，因无恒心。苟无恒心，放辟邪侈，无不为已。及陷于罪，然后从而刑之，是罔民也。焉有仁人在位，罔民而可为也？②是故明君制民之产，必使仰足以事父母，俯足以畜妻子；乐岁终身饱，凶年免于死亡：然后驱而之善，故民之从之也轻。③今也制民之产，仰不足以事父母，俯不足以畜妻子；乐岁终身苦，凶年不免于死亡：此惟救死而恐不赡，奚暇治礼义哉？④王欲行之，则盍反其本矣：⑤五亩之宅，树之以桑，五十者可以衣帛矣；鸡豚狗彘之畜，无失其时，七十者可以食肉矣；百亩之田，勿夺其时；八口之家可以无饥矣；谨庠序之教，申之以孝悌之义，颁白者不负戴于道路矣。老者衣帛食肉，黎民不饥不寒，然而不王者，未之有也。"

【注释】

①惛，与昏同。

②恒，胡登反。辟，与僻同。焉，与虔反。恒，常也。产，生业也。恒产，可常生之业也。恒心，人所常有之善心也。士尝学问，知义理，故虽无常产而有常心，民则不能然矣。罔，犹罗网，欺其不见而取之也。

③畜，许六反。下同。轻，犹易也。此言民有常产而有常心也。

④治，平声。凡"治"字，为理物之义者，平声；为己理之义者，去声。后皆放此。赡，足也。此所谓无常产而无常心者也。

⑤盍，何不也。使民有常产者，又发政施仁之本也。说见下文。

【译文】

宣王道："我头脑糊涂，不能达到您所说的境界。希望先生您辅佐我的志向，明确地教导我。我虽然不聪明机敏，也愿意试一试。"

孟子说："没有固定的产业收入而有坚定不变的道德理

想和行为准则的，只有士人才能做得到。至于黎民百姓，如果没有固定的财产和收入，也就没有坚定不变的道德理想和行为准则。如果是这样，他们就行为越轨，为所欲为，什么事都干得出来。直到犯了罪，然后处之以刑罚，这就等于张开法网让百姓钻进去。哪有仁爱之人坐王位而让百姓自投法网的事呢？所以说，圣明的君王规定百姓的产业，一定要做到使百姓上足以赡养父母，下足以抚养妻子儿女，年成好，一年到头吃饱穿暖，遇到灾年也不至于饿死；在这样的基础上引导百姓走上礼义之路，老百姓也就很容易做到。

　　"如今规定的百姓产业，使他们上不足以赡养父母，下不足于抚养妻子儿女；年成好也是辛劳困苦，遇到灾年则免不了流徙死亡：这样的话百姓只图保自己的活命恐怕都来不及，哪里还有闲工夫来学习礼义道德呢？

　　"您想要施行仁政，那么为什么不从根本上着手呢？五亩大小的宅院，种植上桑树，五十岁的人便可以穿上丝帛衣衫；鸡狗猪的畜养，都有一定之规，七十岁的老人就可以有肉吃了；在百亩之大的田地中，按节气播种耕耘，一大家子人就可以不受饥饿了；认真地办好学校，反复地宣讲孝悌的道理，头发斑白的老人也就不会肩背身扛地走在路上。老者穿丝帛、吃鱼肉，黎民百姓不挨饿不受冻，达到这样的生活标准而不被百姓拥戴称王的，从来也没有过。"

梁惠王下

第一章

【原文】

　　庄暴见孟子，曰："暴见于王，王语暴以好乐，暴未有以对也。"曰："好乐何如？"孟子曰："王之好乐甚，则齐国其庶几乎！"①他日见于王，曰："王尝语庄子以好乐，有诸？"王变乎色，曰："寡人非能好先王之乐也，直好世俗之乐耳。"②曰："王之好乐甚，则齐其庶几乎！今之乐，由古之乐也。"③曰："可得闻与？"曰："独乐乐，与人乐乐，孰乐？"曰："不若与人。"曰："与少乐乐，与众乐乐，孰乐？"曰："不若与众。"④"臣请为王言乐。⑤今王鼓乐于此，百姓闻王钟鼓之声，管籥之音，举疾首蹩頞而相告曰：'吾王之好鼓乐，夫何使我至于此极也？父子不相见，兄弟妻子离散。'今王田猎于此，百姓闻王车马之音，见羽旄之美，举疾首蹩頞而相告曰：'吾王之好田猎，夫何使我至于此极也？父子不相见，兄弟妻子离散。'此无他，不与民同乐也。⑥今王鼓乐于此，百姓闻王钟鼓之声，管籥之音，举欣欣然有喜色，而相告曰：'吾王庶几无疾病与？何以能鼓乐也？'今王田猎于此，百姓闻王车马之音，见羽旄之美，举欣欣然有喜色而相告曰：'吾王庶几无疾病与？何以能田猎也？'此无他，与民同乐也。⑦今王与百姓同乐，则王矣。"⑧

【注释】

①见于之"见"，音现，下"见于"同。语，去声，下同。好，去声，篇内并同。庄暴，齐臣也。庶几，近辞也，言近于治。

②变色者，惭其好之不正也。

③今乐，世俗之乐。古乐，先王之乐。

④闻与之"与"，阴平。乐乐，下字音洛。孰"乐"，亦音洛。独乐不若与人，与少乐不若与众，亦人之常情也。

⑤为，去声。此以下皆孟子之言也。

⑥蹙，子六反。頞，音遏。夫，音扶。同乐之"乐"，音洛。钟、鼓，管、籥，皆乐器也。举，皆也。疾首，头痛也。蹙，聚也。頞，额也，人忧戚则蹙其额。极，穷也。羽旄，旌属。不与民同乐，谓独乐其身而不恤其民，使之穷困也。

⑦病与之"与"，阴平。同乐之"乐"，音洛。与民同乐者，推好乐之心，以行仁政，使民各得其所也。

⑧好乐而能与百姓同之，则天下之民归之矣，所谓"齐

子贡说列国

其庶几”者如此。

【译文】

庄暴会见孟子，说："我被王召见，王告诉我说他喜欢音乐，我不知该怎么回答好。"（庄暴接着）说："喜欢音乐！到底怎么样？"

孟子说："王如果非常喜欢音乐，那么，齐国想来很不错吧！"

另外一天，孟子被齐王召见时问道："王曾经告诉庄暴说您喜欢音乐，有这么回事吗？"

齐王脸色一变，说："寡人并不是喜欢古代先王的音乐，只是喜欢一般世俗的音乐而已。"

孟子说："王既然非常喜欢音乐，那齐国想必是很不错了，现在的音乐也是由古代音乐发展而来的呀！"

王说："可以讲给我听听吗？"

孟子说："个人单独欣赏音乐感到快乐，跟别人一起欣赏音乐也感到快乐，到底哪一种更快乐？"

王说："不如跟人一起欣赏更快乐。"

孟子说："跟少数人一道欣赏音乐感到快乐，跟多数人共同欣赏音乐也感到快乐，到底哪一种更快乐？"

王说："不如跟多数人共同欣赏更快乐。"

孟子趁势接着说："请允许我为王谈谈关于音乐欣赏的问题。如果王现在在这里奏乐，百姓听到王钟鸣鼓响的声音，管吹篪奏的声音，全都感到头疼脑涨，皱着前额互相议论说：'我们的君王这样喜欢音乐，为什么让我们苦到极点呢？父子不能相见，兄弟妻子东奔西走。'如果王眼下在这里打猎？百姓听到王的车马声，看到旗帜仪仗的华丽，全都会头疼脑涨、皱紧前额互相议论说：'我们的君王这样喜欢打猎，为什么让我们苦到了极点呢？父子不能相见，兄弟妻子东奔西散。'这没有别的原因，就因为王不跟百姓一起同享欢乐啊！

"如果王现在在这里奏乐，百姓听到钟鸣鼓响的声音，管吹籥奏的声音，全都感到欢欣鼓舞而面带笑容地彼此议论道：'我们的君王大概无疾无痛吧！要不，怎么能够欣赏奏乐呢？'如果王眼下在这里打猎，百姓听到王的车马声，看到旗帜仪仗的华丽，全都兴高采烈、喜笑颜开地彼此议论道：'我们的君王大概身体健康、无疾无痛吧？要不，怎么能外出打猎呢？'这没有别的原因，就因为王跟百姓共同欢乐啊！当前，如果王能够做到与百姓同欢乐，那就可以实行王道使天下归服了。"

第二章

【原文】

齐宣王问曰："文王之囿，方七十里，有诸？"孟子对曰："于传有之。"①曰："若是其大乎？"曰："民犹以为小也。"曰："寡人之囿方四十里，民犹以为大，何也？"曰："文王之囿，方七十里，刍荛者往焉，雉兔者往焉。与民同之，民以为小，不亦宜乎？②臣始至于境，问国之大禁，然后敢入。臣闻郊关之内，有囿方四十里，杀其麋鹿者，如杀人之罪。则是方四十里为阱于国中，民以为大，不亦宜乎？"③

【注释】

①囿，音又。传，直恋反。囿者，蕃育鸟兽之所。古者四时之田，皆于农隙以讲武事，然不欲驰骛于稼穑场圃之中，故度间旷之地以为囿。然文王七十里之囿，其亦三分天下有其二之后也与？传，谓古书。

②刍，音初。荛，音饶。刍，草也。荛，薪也。

③阱，才性反。礼，入国而问禁。国外百里为郊，郊外有关。阱，坎地以陷兽者，言陷民于死也。

【译文】

齐宣王问孟子道："周文王的狩猎场，纵横有七十里地，真有这回事吗？"

孟子回答道："在史籍上有这样的记载。"

宣王说："果真如此的话，文王的狩猎场是否太大了点呢？"

孟子说："老百姓还认为太小了呢！"

宣王又说："我自己的狩猎场才纵横四十里地，老百姓还认为太大了，是什么原因呢？"

孟子说道："周文王的狩猎场纵横七十里，但割草打柴的，打鸟捕兽的，都去那儿，周文王是和老百姓一同享用那个地方。那么，人民群众认为太小了，不是很有道理的吗？

（而您却刚好相反。）我刚到齐国边境时，问明白了在齐国最大的忌讳有哪些之后，才敢进入。我听说在齐国国都的郊外，有一个狩猎场纵横四十里地，谁杀害了里头的麋鹿，就等于犯了杀人罪。那么，这方园四十里地，对老百姓而言就像是在国土当中布置的一个大陷阱。他们认为太大了，不是很自然的事吗？"

第三章

【原文】

齐宣王问曰："交邻国有道乎？"孟子对曰："有。惟仁者为能以大事小，是故汤事葛，文王事昆夷；惟智者为能以小事大，故大王事獯鬻，勾践事吴。①以大事小者，乐天者也；以小事大者，畏天者也。乐天者保天下，畏天者保其国。②《诗》云：'畏天之威，于时保之。'"③王曰："大哉言矣！寡人有疾，寡人好勇。"④对曰："王请无好小勇。夫抚剑疾视，曰：'彼恶敢当我哉！'此匹夫之勇，敌一人者也，王请大之。⑤《诗》云：'王赫斯怒，爰整其旅。以遏徂莒，以笃周祜，以对于天下。'此文王之勇也。文王一怒而安天下之民。⑥《书》曰：'天降下民，作之君，作之师。惟曰：其助上帝，宠之四方。有罪无罪，惟我在，天下曷敢有越厥志？'一人衡行于天下，武王耻之。此武王之勇也。而武王亦一怒而安天下之民。⑦民惟恐王之不好勇也。⑧"

【注释】

①獯，音熏。鬻，音育。仁人之心宽洪恻怛，而无较计大小强弱之私，故小国虽或不恭，而吾所以字之之心，自不能已；智者明义理，识时势，故大国虽见侵陵，而吾所以事之之礼，尤不敢废。汤事见后篇，文王事见《诗·大雅》，大王事见后章。所谓狄人，即獯鬻也。句践，越王名，事见《国语》《史记》。

②乐，音洛。天者，理而已矣。大之事小，小之事大，皆理之当然也。自然合理，故曰"乐天"；不敢违理，故曰"畏天"。包含遍覆，无不周遍，保天下之气象也；制节谨度，不敢纵逸，保一国之规模也。

③诗，《周颂·我将》之篇。时，是也。

④言以好勇，故不能事大而洞小也。

⑤夫抚之"夫"，音扶。恶，平声。疾视，怒目而视也。小勇，血气所为；大勇，义理所发。

⑥诗，《大雅·皇矣》篇。赫，赫然怒貌。爰，于也。旅，众也。遏，《诗》作"按"，止也。徂，往也。莒，《诗》作"旅"。徂旅，谓密人侵阮徂共之众也。笃，厚也。祜，福也。对，答也。以答天下仰望之心也。此文王之大勇也。

⑦衡，与横同。书，《周书·泰誓》之篇也。然所引与今书文小异，今且依此解之。宠之四方，宠异之于四方也。有罪者我得而诛之，无罪者我得而安之。我既在此，则天下何敢有过越其心志而作乱者乎？衡行，谓作乱也。孟子释《书》意如此，而言武王亦大勇也。"今王亦一怒而安天下

之民。

⑧王若能如文、武之为，则天下之民望其一怒以除暴乱而拯己于水火之中，惟恐王之不好勇耳。

【译文】

齐宣王问道："和邻国交往有准则吗？"

孟子答道："有的。只有仁者才能以大国事奉小国，所以成汤事奉葛伯、文王事奉昆夷；只有智者才能以小国事奉大国，所以大王事奉獯鬻、句践事奉夫差。以大国事奉小国，是安于天理；以小国事奉大国，是敬畏天理。安于天理能保有天下，敬畏天理能保有自己的国家，《诗》说：'敬畏上天威灵，因而常得佑护。'"

宣王说："说得好啊！可是我有缺点，我崇尚勇武。"

孟子答道："希望大王不要崇尚小的勇武。按着刀剑、瞪着眼睛说'他怎么敢对抗我啊'，这是匹夫的勇武，只能抵敌一个人，希望大王进一步推广它。《诗》说：'文王赫然大震怒，整顿军队到前方，制止侵犯的敌人，增强周国的威望，酬答天下的向往。'这是文王的勇武，文王一怒就安定了天下的民众。《书》说：'上天降生下民，为他们造作了君王，造作了师傅。唯有他们能佑助天帝绥靖四方，有罪者、无罪者都由我负责，天下有哪个人胆敢违背上天的意志？'只要有一个人在世间作乱，武王就感到耻辱，这是武王的勇武，武王也是一怒就安定了天下的民众。现在，假如大王也一怒就安定了天下的民众，民众唯恐大王不崇尚勇武呢！"

第四章

【原文】

　　齐宣王见孟子于雪宫。王曰："贤者亦有此乐乎？"孟子对曰："有。人不得，则非其上矣。①不得而非其上者，非也；为民上而不与民同乐者，亦非也。②乐民之乐者，民亦乐其乐；忧民之忧者，民亦忧其忧。乐以天下，忧以天下，然而不王者，未之有也。③"昔者齐景公问于晏子曰：'吾欲观于转附、朝䥽，遵海而南，放于琅邪，吾何修而可以比于先王观也？'④晏子对曰：'善哉问也！天子適诸侯曰巡狩。巡狩者，巡所守也。诸侯朝于天子曰述职。述职者，述所职也。无非事者。春省耕而补不足，秋省敛而助不给。夏谚曰：'吾王不游，吾何以休？吾王不豫，吾何以助？一游一豫，为诸侯度。'⑤今也不然，师行而粮食，饥者弗食，劳者弗息。睊睊胥谗，民乃作慝。方命虐民，饮食若流。流连荒亡，为诸侯忧。⑥从流下而忘反，谓之流；从流上而忘反，谓之连。从兽无厌，谓之荒；乐酒无厌，谓之亡。⑦先王无流连之乐、荒亡之行，⑧惟君所行也。'⑨景公说，大戒于国，出舍于郊，于是始兴发，补不足，召太师，曰：'为我作君臣相说之乐。'盖《徵招》《角招》是也。其诗曰：'畜君何尤？'畜君者，好君也。"⑩

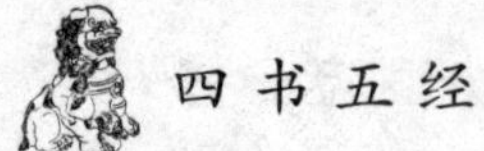

【注释】

①洛，音乐，下同。雪宫，离宫名。言人君能与民同乐，则人皆有此乐。不然，则下之不得此乐者，必有非其君上之心。明人君当与民同乐，不可使人有不得者，非但当与贤者共之而已也。

②下不安分，上不恤民，皆非理也。

③乐民之乐，而民乐其乐，则乐以天下矣；忧民之忧，而民忧其忧；则忧以天下矣。

④朝，音潮。放，上声。晏子，齐臣，名婴。转附、朝崎，皆山名也。遵，循也。放，至也。琅邪，齐东南境上邑名。观，游也。

⑤狩，舒救反。省，悉井反。述，陈也。省，视也。敛，收获也。给，亦足也。夏谚，夏时之俗语也。豫，乐也。巡所守，巡行诸侯所守之土也。述所职，陈其所受之职也。皆无有无事而空行者，而又春秋循行郊野，察民之所不足而补助之。故夏谚以为王者一游一豫，皆有恩惠以及民，而诸侯皆取法焉，不敢无事慢游以病其民也。

⑥眀，古县反。今，谓晏子时也。师，众也，二千五百人为师。《春秋传》曰："君行师从。"粮，谓糗糒之属。眀眀，侧目貌。胥，相也。谗，谤也。慝，怨恶也，言民不胜其劳而起谤怨也。方，逆也。命，王命也。若流，如水之流，无穷极也。流连荒亡，解见下文。诸侯，谓附庸之国，县邑之长。

⑦厌，平声。此释上文之义也。从流下，谓放舟随水而

扩充仁心

下。从流上，谓挽舟逆水而上。从兽，田猎也。荒，废也。乐酒，以饮酒为乐也。亡，犹失也，言废时失事也。

⑧行，去声。

⑨言先王之法，今时之弊，二者惟在君所行耳。

⑩说，音悦。为，去声。乐如字。徵，陟里反。招，与韶同。畜，敕六反。戒，告命也。出舍，自责以省民也。兴发，发仓廪也。太师，乐官也。君臣，己与晏子也。乐有五声，三曰角，为民，四曰徵，为事。招，舜乐也。其诗，《徵招》《角招》之诗也。尤，过也，言晏子能畜止其君之欲，宜为君之所尤，然其心则何过哉？孟子释之，以为臣能畜止其君之欲，乃是爱其君者也。

【译文】

齐宣王在自己的别墅雪宫里接见孟子。宣王说；"贤德的人也有这样的享乐吗？"

孟子答道："有。人们得不到这样的享乐，就会抱怨他们的君主。当然，因得不到这种享乐便抱怨他们的君主，是不对的；作为民众的君主却不与民众一同分享这种快乐，也是不对的。君主以民众的快乐为自己的快乐，民众也以君主的快乐为自己的快乐；君主以民众的忧愁为自己的忧愁，民众也以君主的忧愁为自己的忧愁。以天下人的快乐为快乐，以天下人的忧愁为忧愁，做到这样，还不能使天下归心的事，是决不会有的。

"从前齐景公向晏婴问道：'我打算到转附和朝缭两座名山游览一番，然后沿着海岸向南走，直达琅邪邑，我应该怎

样做，才能和古代圣王的巡游相比拟呢？’

　　“晏婴答道：‘问得好呀！天子前往诸侯国去叫做巡狩，巡狩就是巡视所拥有的疆土。诸侯前往天子的朝廷去朝见，叫做述职，述职就是报告诸侯所担负职守的情况。上述没有不和政事有关的。春季视察耕种，补助农具、种子不足的农户；秋季视察收获，救济劳力、口粮不够的农户。’夏朝时的谚语说：‘我们大王不巡游，我们怎能有养息？我们大王不视察，我们哪会获补助？大王的巡游视察，足以让诸侯效法。’现在不是这样，队伍出动一大批就要向下面筹粮，饥饿的人们得不到食物，劳苦的人们得不到息养。民众侧目而视、怨声载道，民众就会被迫作恶了。这样放弃先王的教导，虐害百姓，豪饮暴食，像流水似地没完没了。这种流连荒亡的行为，不能不使诸侯为之忧愁。什么叫流连荒亡呢？顺流而下放舟游乐不知回返叫做流；逆流而上挽舟游乐不知返回叫做连，没有厌倦地打猎叫做荒，没有节制地酗酒叫做亡。古代的圣王不搞这种流连的游乐、荒亡无节制的行为。现在就看大王选择哪一种做法了。”

　　“齐景公听了很高兴，在都城做好充分的准备，然后自己到郊外去住下，于是开始行惠政，打开仓库拿了粮食补助贫困百姓，又把乐官召来说：‘替我创作君臣共同喜欢的乐曲歌词吧！’这歌曲就是《徵招》《角招》。那歌辞中说：‘制止君主的欲望又有什么过错？制止君主的私欲，正是敬爱君主呢。’”

第五章

【原文】

齐宣王问曰："人皆谓我毁明堂，毁诸？已乎？"[1]孟子对曰："夫明堂者，王者之堂也。王欲行王政，则勿毁之矣。"[2]王曰："王政可得闻与？"对曰："昔者文王之治岐也，耕者九一，仕者世禄。关市讥而不征，泽梁无禁，罪人不孥。老而无妻曰鳏，老而无夫曰寡，老而无子曰独，幼而无父曰孤。此四者，天下之穷民而无告者。文王发政施仁，必先斯四者。《诗》云：'哿矣富人，哀此茕独。'"[3]王曰："善哉言乎！"曰："王如善之，则何为不行？"

王曰："寡人有疾，寡人好货。"对曰："昔者公刘好货，《诗》云：'乃积乃仓，乃裹糇粮，于橐于囊，思戢用光。弓矢斯张，干戈戚扬，爰方启行。'故居者有积仓，行者有裹粮也，然后可以爰方启行。王如好货，与百姓同之，于王何有？"[4]王曰："寡人有疾，寡人好色。"对曰："昔者大王好色，爱厥妃。《诗》云：'古公亶父，来朝走马，率西水浒，至于岐下。爰及姜女，聿来胥宇。'当是时也，内无怨女，外无旷夫。王如好色，与百姓同之，于王何有？"[5]

【注释】

①赵氏曰："明堂，太山明堂，周天子东巡守，朝诸侯

之处。汉时遗址尚在，人欲毁之者，盖以天子不复巡守，诸侯又不当居之也。王问当毁之乎？且止乎？"

②夫，音扶。明堂，王者所居，以出政令之所也，能行王政，则亦可以王矣，何必毁哉？

③与，阴平。孥，音奴。鳏，姑顽反。哿，工可反。煢，音琼。岐，周之旧国也。九一者，井田之制也。方一里为一井，其田九百亩，中画井字。界为九区。一区之中，为田百亩。中百亩为公田，外八百亩为私田。八家各受私田百亩，而同养公田，是九分而税其一也。世禄者，先王之世，仕者之子孙皆教之，教之而成材则官之，如不足用，亦使之不失其禄。盖其先世尝有功德于民，故报之如此，忠厚之至也。关，谓道路之关。市，谓都邑之市。讥，察也。征，税也。关市之吏，察异服异言之人，而不征商贾之税也。泽，谓潴水梁，谓鱼梁。与民同利，不设禁也。孥，妻子也。恶恶止其身，不及妻子也。先王养民之政，导其妻子，使之养其老而洞其幼。不幸而有鳏、寡、孤、独之人，无父母妻子之养，则尤宜怜洞，故必以为先也。诗，《小雅·正月》之篇。哿，可也。煢，困悴貌。

④糇，音侯。橐，音拓。戢《诗》作"辑"，音集。王自以为好货，故取民无制，而不能行此王政。公刘，后稷之曾孙也，诗，《大雅·公刘》之篇。积，露积也。糇，干粮也。无底曰橐有底曰囊，皆所以盛糇粮也。戢，安集也。言思安集其人民，以光大其国家也。戚，斧也。扬，钺也。爰，于也。启行，言往迁于豳也。何有，言不难也。孟子言公刘之民富足如是，是公刘好货，而能推己之心以及民也。

今王好货亦能如此，则其于王天下也，何难之有？

⑤大，音泰。王又言此者，好色，则心志蛊惑，用度奢侈，而不能行王政也。大王，公刘九世孙。诗，《大雅·绵》之篇也。古公，大王之本号，后乃追尊为大王也；亶父，大王名也。来朝走马，避狄人之难也。率，循也。浒，水涯也。岐下，岐山之下也。姜女，大王之妃也。胥，相也。宇，居也。旷，空也。无怨旷者，是大王好色，而能推己之心以及民也。

【译文】

齐宣王问孟子说："人们都劝我把泰山周天子东巡时的明堂毁掉，是毁掉好呢？还是保留呢？"

孟子回答说："明堂是王者会见诸侯的地方。大王想要施行王者之政，就不用毁掉它了。"

齐宣王问："关于王政可听您讲一讲吗？"

孟子说："过去周文王治理岐山的时候，实行井田制，农家每家耕田百亩，八家共一井；做官的人可世代享受俸禄，关口和市场上货物只盘查有无违禁品，但并不征税，水中的鱼梁也任百姓去捕鱼，犯罪的人只需自己受罚，不涉及他的家小。老年没有妻子的叫鳏夫，老年没有丈夫的叫寡妇，老年没有儿子的是独老，很小就没有父母的叫孤儿。这四种人，是天下没办法生活而又无处求助的。周文王考虑政治措施时，一定先考虑他们。《诗经》上说：'富人过得真潇洒，可怜的是这样孤单的穷人！'"

齐宣王叹道："说得好哇！"

孟子说：“大王既然认为好，为什么不去施行呢？”

齐宣王说：“我有个毛病，我喜爱财物。”

孟子说：“过去公刘也喜爱财物。《诗经》上说：‘把粮食堆积起来，储存在仓库里，制成干粮，装进袋中，想着安定人民，让国家繁荣富强。拉满弓搭上箭，枪刀斧头一齐上，于是出发向远方。’所以说住下来要有储备的粮食，出行要带干粮，这以后才可以到远方去。大王如果喜爱财物，跟老百姓共同拥有，这又有什么困难呢？”

齐宣王说：“我还有一个毛病，我喜欢美女。”

孟子说：“过去太王也喜欢美女，爱他的妻子。《诗经》上说：‘太王早晨骑着马，顺着水边到岐山下。带着他妻姜氏女，来看新居差不差。’这个时候，家中没有到了婚龄尚未出嫁的姑娘，也没有该娶未娶的小伙。大王喜爱美女，让老百姓也能喜爱，这有何难呢？”

第六章

【原文】

孟子谓齐宣王曰：“王之臣，有托其妻子于其友，而之楚游者。比其反也，则冻馁其妻子，则如之何？”王曰：“弃之。”① 曰：“士师不能治士，则如之何？”王曰：“已之。”② 曰：“四境之内不治，则如之何？”王顾左右而言他。③

【注释】

①比，必至反。托，寄也。比，及也。弃，绝也。

②士师，狱官也，其属有乡士、遂士之官，士师皆当治之。已，罢去也。

③治，去声。孟子将问此，而先设上二事以发之，及此而王不能答也。其惮于自责，耻于下问如此。不足与有为可知矣。

【译文】

孟子对齐宣王说："您有一个臣子把妻室儿女，托付给朋友照顾，自己游历楚国去了。等他回来的时候，他的妻室儿女却在挨饿受冻。对这样的朋友，应该怎么办呢？"

齐宣王说："和他绝交。"

孟子说："如果管刑罚的长官不能管理他的下级，那应该怎么办呢？"

齐宣王说："把他撤职。"

孟子说："大王如果不能将国家治理好，那应该怎么办呢？"齐宣王回过头来左右张望，把话题址到别处去了。

第七章

【原文】

　　孟子见齐宣王，曰："所谓故国者，非谓有乔木之谓也，有世臣之谓也。王无亲臣矣，昔者所进，今日不知其亡也。"[1]王曰："吾何以识其不才而舍之？"[2]曰："国君进贤，如不得已，将使卑逾尊，疏逾戚，可不慎与？[3]左右皆曰贤，未可也；诸大夫皆曰贤，未可也；国人皆曰贤，然后察之，见贤焉，然后用之。左右皆曰不可，勿听；诸大夫皆曰不可，勿听；国人皆曰不可，然后察之，见不可焉，然后去之。[4]左右皆曰可杀，勿听；诸大夫皆曰可杀，勿听；国人皆曰可杀，然后察之，见可杀焉，然后杀之。故曰，国人杀之也。[5]如此，然后可以为民父母。"

【注释】

　　[1]世臣，累世勋旧之臣，与国同体戚者也。亲臣，君所亲信之臣，与君同休戚者也。此言乔木、世臣，皆故国所宜有。然所以为故国者，则在此而不在彼也。昨日所进用之人，今日有亡去而不知者，则无亲臣矣，况世臣乎？

　　[2]舍，上声。王意以为此亡去者，皆不才之人。我初不知而误用之，故今不以其去为意耳，因问何以先识其不才而舍之邪？

秦王符生杀佞臣

③与，阴平。如不得已，言谨之至也。盖尊尊、亲亲，礼之常也。然或尊者、亲者未必贤，则必进疏远之贤而用之，是使卑者踰尊，疏者踰戚，非礼之常，故不可不谨也。

④去，上声。左右近臣，其言固未可信。诸大夫之言，宜可信矣，然犹恐其蔽于私也。至于国人，则其论公矣，然犹必察之者，盖人有同俗而为众所悦者，亦有特立而为俗所憎者，故必自察之，而亲见其贤否之实，然后从而用舍之，则于贤者知之深，任之重，而不才者不得以幸进矣。所谓进贤如不得已者如此。

⑤此言非独以此进退人才，至于用刑，亦以此道，盖所谓天命天讨，皆非人君之所得私也。

【译文】

孟子谒见齐宣王，对他说："我们平日所说的'故国'，并不是那个国家有高大树木的意思，而是有累代功勋的老臣的意思。您现在没有亲信的臣子了。过去所选用的人到今天想不到都罢免了。"

齐宣王问："怎样去识别那些缺乏才能的人而不用他呢？"

孟子说："国君选拔贤人，如果迫不得已要用新进，就要把卑贱者提拔在尊贵者之上，把疏远的人提拔在亲近者之上，对这种事能不慎重吗？因此，左右亲近的人都说某人好，不可轻信；众位大夫都说某人好，也不可轻信；全国的人都说某人好，然后去了解；发现他真有才干，再任用他。左右亲近的人都说某人不好，不要轻信；众位大夫都说某人不好，也不要轻信；全国的人都说某人不好，然后去了解；发现他真的不好，再罢免他。左右亲近的人都说某人可杀，不要轻信；众位大夫都说某人可杀，也不要轻信。全国的人都说某人可杀，然后去了解；发现他该杀，再杀他。所以说，这是全国人杀的。这样，才可以做百姓的父母。”

第八章

【原文】

　　齐宣王问曰：“汤放桀，武王伐纣，有诸？”孟子对曰：“于传有之。”①曰：“臣弑其君，可乎？”②曰：“贼仁者谓之贼，贼义者谓之残。残贼之人，谓之一夫。闻诛一夫纣矣，未闻弑君也。”③

【注释】

　　①传，直恋反。放，置也。《书》云：“成汤放桀于南巢。”
　　②桀、纣，天子。汤、武，诸侯。
　　③贼，害也。残，伤也。害仁者，凶暴淫虐，灭绝天理，故谓之贼；害义者，颠倒错乱，伤败彝伦，故谓之残。一夫，言众叛亲离，不复以为君也。《书》曰：“独夫纣。”盖四海归之，则为天子；天下叛之，则为独夫。所以深警齐王，垂戒后世也。

【译文】

齐宣王问："商汤流放夏桀，武王讨伐殷纣，真有这回事吗？"

孟子回答说："史籍上有这样的记载。"

齐宣王说："做臣子的杀掉他的君王，这是可以的吗？"

孟子说："破坏仁爱的人叫做'贼'。破坏道义的人叫做'残'。这类人，我们都叫他做'独夫'。我只听说过周武王诛杀了独夫殷纣，没有听说过他是以臣弑君的。"

第九章

【原文】

孟子见齐宣王，曰："为巨室，则必使工师求大木。工师得大木，则王喜，以为能胜其任也。匠人斫而小之，则王怒，以为不胜其任矣。夫人幼而学之，壮而欲行之。王曰：'姑舍女所学而从我'，则何如？①今有璞玉于此，虽万镒，必使玉人雕琢之。至于治国家，则曰：'姑舍女所学而从我。'则何以异于教玉人雕琢玉哉？"②

【注释】

①胜，平声。夫，音扶。舍，上声。女，音汝。下同。巨室，大宫也。工师，匠人之长。匠人，众工人也。姑，且

也。言贤人所学者大，而王欲小之也。

②镒，音溢。璞，玉之在石中者。镒，二十两也。玉人，玉工也。不敢自治而付之能者，爱之甚也。治国家则徇私欲而不任贤，是爱国家不如爱玉也。

【译文】

孟子拜见齐宣王说："如果做大的房屋，就必须要管理工匠的官员去寻求大木料，管理工匠的官员寻得到大木料，大王就非常高兴，认为这个官员能够胜任其职。工匠砍刨，使大木料变小了，大王就大发脾气，认为工匠不能够胜任自己的工作。人从小就学习，长大后就要实践它，大王说：'暂且舍弃你所学的东西而听从我吧'，这会怎么样呢？现在如果此处有未雕琢的玉，即使它价值连城，也会要让玉匠去雕琢它。而对于治理国家，却说：'暂且舍弃你所学的东西而听从我吧'！这与您去教玉匠雕琢玉石有什么不同呢？"

第十章

【原文】

齐人伐燕，胜之。①宣王问曰："或谓寡人勿取，或谓寡人取之。以万乘之国，伐万乘之国，五旬而举之，人力不至于此。不取，必有天殃，取之何如？"②孟子对曰："取之而燕民悦，则取之；古之人有行之者，武王是也。取之而燕民不

悦，则勿取；古之人有行之者，文王是也。③以万乘之国，
伐万乘之国，箪食壶浆，以迎王师，岂有他哉？避水火也。
如水益深，如火益热，亦运而已矣。"④

【注释】

①按《史记》，燕王哙让国于其相子之，而国大乱。齐
因伐之，燕士卒不战，城门不闭，遂大胜燕。

②乘，去声，下同。以伐燕为宣王事，与《史记》诸书
不同，已见《序说》。

③商纣之世，文王三分天下有其二，以服事殷。至武王
十三年，乃伐纣而有天下。张子曰："此事间不容发，一日之间，
天命未绝，则是君臣；当日命绝，则为独夫。然命之绝否，
何以知之？人情而已。诸侯不期而会者八百，武王安得而止
之哉？"

④箪，音丹。食，音十。箪，竹器。食，饭也。运，转也。
言齐若更为暴虐，则民将转而望救于他人矣。

【译文】

齐国攻打燕国，并战胜了燕国。齐宣王问道："有的人
劝我不要吞并燕国，有的人又劝我吞并燕国。以一个拥有万
辆兵车的大国讨伐另外一个拥有万辆兵车的大国，五十天就
攻占了它，我们的战斗力还不至于如此强大，如果不吞并燕
国，必会降下天灾。我打算吞并它，怎么样？"

孟子回答道："吞并它而燕国的老百姓很高兴，那么就
吞并它；古时的人有这么做的，周武王就是如此。并吞它而

燕国的老百姓不高兴，那就用不着吞并它，古时的人也有这么做的，周文王就是如此。以一个拥有万辆兵车的大国讨伐另外一个拥有万辆兵车的大国，老百姓用竹篮盛着饭食，用壶装着饮料迎接犒劳大王的军队，怎么会有其他的目的呢？是为了避开水深火热的生活。如果燕国被吞并之后，老百姓的生活更加动荡，更加痛苦，他们也就转向去欢迎另外的人了。"

第十一章

【原文】

齐人伐燕，取之。诸侯将谋救燕，宣王曰："诸侯多谋伐寡人者，何以待之？"孟子对曰："臣闻七十里为政于天下者，汤是也，未闻以千里畏人者也。《书》曰：'汤一征，自葛始。'天下信之。'东面而征西夷怨，南面而征北狄怨。曰："奚为后我？'民望之，若大旱之望云霓也。归市者不止，耕者不变，诛其君而吊其民，若时雨降，民大悦。《书》曰：'徯我后？后来其苏。'①今燕虐其民，王往而征之，民以为将拯己于水火之中也，箪食壶浆，以迎王师。若杀其父兄，系累其子弟，毁其宗庙，迁其重器，如之何其可也？天下固畏齐之强也，今又倍地而不行仁政，是动天下之兵也。②王速出令，反其旄倪，止其重器，谋于燕众，置君而后去之，则犹可及止也。"③

夫差杀伍子胥

【注释】

①霓，五稽反。徯，胡礼反。两引《书》，皆《商书·仲虺之诰》文也，与今《书》文亦小异。一征，初征也。天下信之，信其志在救民，不为暴也。奚为后我，言汤何为不先来征我之国也。霓，虹也，云合则雨，虹见则止。变，动也。徯，待也。后，君也。苏，复生也。他国之民，皆以汤为我君而待其来，使己得苏息也。此言汤之所以七十里而为政于天下也。

②累，力追反。拯，救也。系累，絷缚也。重器，宝器也。畏，忌也。倍地，并燕而增一倍之地也。齐之取燕，若能如汤之征葛，则燕人悦之，而齐可为政于天下矣。今乃不行仁政，而肆为残虐，则无以慰燕民之望而服诸侯之心，是以不免乎以千里而畏人也。

③旄，与耄同。倪，五稽反。反，还也，旄，老人也；倪，小儿也，谓所虏略之老小也。犹，尚也。及止，及其未发而止之也。

【译文】

齐国讨伐燕国，占领了它。别的国家在酝酿救助燕国。宣王问道："许多国家正在酝酿要攻打我，要怎样对待呢？"孟子答道："我听说过，有凭着方圆七十里的土地来统一天下的，商汤就是，还没听说过拥有方圆一千里的国土而害怕别国的。《书经》说过：'商汤征伐，从葛国开始。'天下的人都很相信他，因此，出征东面，西方国家的百姓便不高兴；出征南面，北方国家的老百姓便不高兴，都说：'为什么把我们放到后面呢？'人们盼望他，就好像久旱以后盼望乌云和虹霓一样。（汤征伐时，）做买卖的依然来来往往，种庄稼的照常埋头耕耘，因为他们知道这支队伍只是来诛杀那暴虐的国君来抚慰那被残害的百姓的，这正像降了一场及时雨呀，因而十分高兴。《书经》又说：'盼望我王，他来了，我们才有活命！'如今燕国的君主虐待百姓，您去征伐他，那里的百姓认为您是要把他们从水深火热中拯救出来，因此都提着饭筐和酒壶来欢迎您的军队。而您呢，却杀掉他们的父兄，掳掠他们的子弟，毁坏他们的宗庙祠堂，搬走他们的传世宝器，这怎么可以呢？天下各国本来就害怕齐国强大，如今它的土地又扩大了一倍，而且还暴虐无道，这自然会引起各国兴兵动武。您赶快发出命令，遣回老老小小的俘虏，停止搬运燕国的宝器，再与燕国的人士商量，择立一位燕王，然后撤军。这样做，要使各国停止兴兵，还是来得及的。

第十二章

【原文】

邹与鲁哄，穆公问曰："吾有司死者三十三人，而民莫之死也。诛之则不可胜诛；不诛，则疾视其长上之死而不救，如之何则可也？"[1]孟子对曰："凶年饥岁，君之民，老弱转乎沟壑，壮者散而之四方者，几千人矣。而君之仓廪实，府库充，有司莫以告。是上慢而残下也。曾子曰：'戒之，戒之！出乎尔者，反乎尔者也。'夫民今而后得反之也，君无尤焉。②君行仁政，斯民亲其上，死其长矣。"③

【注释】

①哄，胡弄反。胜，阴平。长，上声，下同。哄，斗声也。穆公，邹君也。不可胜诛，言人众不可尽诛也。长上，谓有司也。民怨其上，故疾视其死而不救死。

②几，上声。夫，音扶。转，饥饿辗转而死也。充，满也。上，谓君及有司也。尤，过也。

③君不仁而求富，是以有司知重敛而不知洞民。故君行仁政，则有司皆爱其民，而民亦爱之矣。

【译文】

邹国跟鲁国打仗。邹穆公问孟子道："（在这次战争中）我的将官们被打死的达三十三人之多，可是，老百姓却没有一个为他们效死的。要是杀掉这些人吧，杀也杀不尽；要是不杀吧，那他们就还是会仇视他们的长官，一任长官们被打死而不加援救，您看要怎么办才好呢？"

孟子回答说："在灾荒的年岁里，您的老百姓年老体弱的大批大批地死亡，连埋葬都成问题，只好把遗骸辗转抛弃到山沟里去的，和壮年人四出逃荒的，快将近千人了；而您大王粮仓饱满，国库充足，管钱粮的官员们也不把这种严重的情况向您汇报，他们简直是高高在上，不仅不关心人民疾苦，而且残害人民。曾子说过：'要警惕啊！要警惕啊！你怎样对待人家，人家便会怎样对待你。'（过去邹国的长官是那样残酷无情地对待老百姓，）从今以后老百姓只要一有机会，就会用同样的手段来回敬那些长官们了。您别责怪他们。只要您大王真个施行仁政，那么，老百姓便会敬爱君主和长官，并乐于为他们献出自己的生命了。"

第十三章

【原文】

滕文公问曰："滕，小国也。间于齐、楚，事齐乎？事楚乎？"①孟子对曰："是谋非吾所能及也。无已，则有一焉：凿斯池也，筑斯城也，与民守之，效死而民弗去，则是可为也。"

【注释】

①间，去声。滕，国名。

【译文】

滕文公问孟子道："滕国是个弱小的国家，处于齐、楚二大国之间。事奉齐国好呢，还是事奉楚国好？"

孟子答道："决定这样重大的国策，不是我的力量所能办到的。如果万不得已要我谈，那就只有这么一个办法：掘深这条护城河，加固这座城墙，与老百姓一条心，共同捍卫它，老百姓哪怕献出生命也不愿离开它，这样就还是有办法的。"

第十四章

【原文】

滕文公问曰："齐人将筑薛，吾甚恐，如之何则可？"①孟子对曰："昔者大王居邠，狄人侵之，去之岐山之下居焉。非择而取之，不得已也。②苟为善，后世子孙必有王者矣。君子创业垂统，为可继也。若夫成功，则天也。君如彼何哉？强为善而已矣。"③

【注释】

①薛，国名。近滕，齐取其地而城之。故文公以其偪己而恐也。

②邠，与豳同。邠，地名。言大王非以岐下为善，择取而居之也。详见下篇。

③夫，音扶。强，上声。创，造。统，绪也。言能为善，则如大王虽失其地，而其后世遂有天下，乃天理也。然君子造基业于前，而垂统绪于后，但能不失其正，令后世可继续而行耳。若夫成功，则岂可必乎？彼，齐也。君之力既无如之何，则但强于为善，使其可继而俟命于天耳。

【译文】

滕文公问道："齐国人准备加固薛这个地方的城池防卫，

598

我十分害怕，怎样办才好？”

　　孟子回答说：“过去周太王在邠居住，狄人来侵犯，他们便搬到岐山之下去居住。这并不是选择而确定的，是不得已而为。如果实行善政，后代子孙中必定有成为君王的。君子建功立业传给子孙，正是为了可以不断继承下去。至于是否能成功，就要靠天命了。您对待齐国人应该怎样做？只有努力实行善政罢了！”

第十五章

【原文】

　　滕文公问曰：“滕，小国也，竭力以事大国，则不得免焉，如之何则可？”孟子对曰：“昔者大王居邠，狄人侵之，事之以皮币，不得免焉；事之以犬马，不得免焉；事之以珠玉，不得免焉。乃属其耆老而告之曰：‘狄人之所欲者，吾土地也。吾闻之也，君子不以其所以养人者害人。二三子何患乎无君？我将去之。’去邠，逾梁山，邑于岐山之下居焉。邠人曰：‘仁人也，不可失也。’从之者如归市。①或曰：‘世守也，非身之所能为也，效死勿去。’②君请择于斯二者。”③

【注释】

　　①属，音烛。皮，谓虎豹麋鹿之皮也。币，帛也。属，会集也。土地本生物以养人，今争地而杀人，是以其所以养

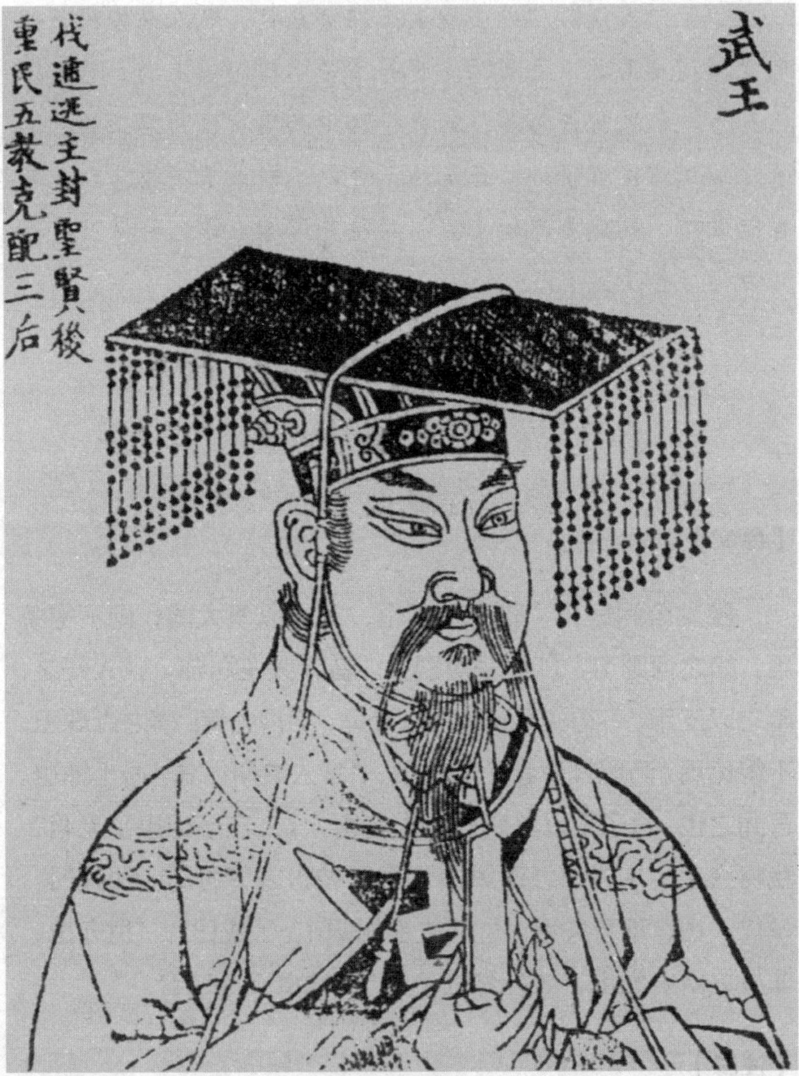

周武王像

人者害人也。邑，作邑也。归市，人众而争先也。

②又言或谓土地乃先人所受，而世守之者，非己所能专，但当致死守之，不可舍去。此国君死社稷之常法，传所谓国灭君死之，正也。正谓此也。

③能如大王则避之，不能则谨守常法。盖迁国以图存者，权也；守正而俟死者，义也。审己量力，择而处之可也。

【译文】

滕文公问道："滕国是一个小国，尽心竭力地服事大国，结果仍然难免于灾难。怎么办才好呢？"

孟子回答说："过去周太王居住在邠，狄人来侵犯，贡奉出裘皮和丝绸，没有能制止住侵犯；贡奉出良犬和骏马，也不能制止住侵犯；又贡奉出珠玉和财宝，还是不能制止住侵犯。周太王便召集当地的长老，对他们说：'狄人所希望得到的，是我们的土地。〔土地是养人之物，〕我听说过，有道德的君子不能为了养人之物反而伤害人民。你们何必担心没有君主呢？我将要离开这里。'于是离开邠，翻过梁山，在岐山之下建立城邑居住下来。邠地的百姓说：'这是一位仁德的人，我们不能够失去他。'追随他的人像赶集一样络绎不绝。

"也有人说：'这是世世代代应该留守的基业，并不是自身可以自由选择的，宁肯死也不离开。'

"请您选择以上二条道路之一。"

第十六章

【原文】

　　鲁平公将出，嬖人臧仓者请曰："他日君出，则必命有司所之。今乘舆已驾矣，有司未知所之，敢请。"公曰："将见孟子。"曰："何哉？君所为轻身以先于匹夫者？以为贤乎？礼义由贤者出，而孟子之后丧逾前丧，君无见焉！"公曰："诺。"①乐正子入见，曰："君奚为不见孟轲也？"曰："或告寡人曰：'孟子之后丧逾前丧。'是以不往见也。"曰："何哉？君所谓'逾'者，前以士，后以大夫。前以三鼎，而后以五鼎与？"曰："否。谓棺椁衣衾之美也。"曰："非所谓逾也，贫富不同也。"②乐正子见孟子，曰："克告于君，君为来见也。嬖人有臧仓者沮君，君是以不果来也。"曰："行或使之，止或尼之。行止，非人所能也。吾之不遇鲁侯，天也。臧氏之子焉能使予不遇哉？"③

【注释】

　　①乘，去声。乘舆，君车也。驾，驾马也。孟子前丧父，后丧母。逾，过也。言其厚母薄父也。诺，应辞也。

　　②入见之"见"，音现。与，阴平。乐正子，孟子弟子也，仕于鲁。三鼎，士祭礼。五鼎，大夫祭礼。

　　③为，去声。沮，慈吕反。尼，女乙反。焉，于虔反。克，乐正子名。沮、尼，皆止之之意也。言人之行，必有人

止毀明堂

使之者；其止，必有人尼之者。然其所以行，所以止，则固有天命，而非此人所能使，亦非此人所能尼也。然则我之不遇，岂臧仓之所能为哉？

【译文】

鲁平公准备外出，他的宠幸小臣臧仓请示说："平日您外出，一定把要去的地方通知管事的人。现在车马已经都准备好了，管事的人还不知道您要去哪儿，因此来请示。"平公说："我要去拜见孟子。"臧仓说："您不尊重自己的身份，去拜访一个普通人，为什么呢？您以为孟子是位贤德的人吗？贤德的人的行为应该合乎礼义，而孟子办他母亲的丧事，大大超过了以前办父亲丧事，由此看来，他未必是贤德的人吧？您不要去看他了。"平公说："好吧。"乐正子去见鲁平公，问道："您为什么不去看孟轲呢？"平公说："有人告诉我说：'孟子办他母亲的丧事大大超过了他以前办父亲的丧事'，所以不去看他了。"乐正子说："您所说的超过，是什么意思呢？为办父亲的丧事用士礼，办母亲的丧事用了大夫的礼呢，还是办父亲的丧事用三个鼎摆设供品，办母亲的丧事用了五个鼎来摆设供品呢？"平公说："不，我指的是棺椁衣衾的好坏。"乐正子说："那就不能叫'超过'，只是前后贫富不同罢了。"乐正子去见孟子，说："我和鲁君讲了，他打算来看您。可是有一个他宠幸的小臣臧仓阻止了他，他因此就不来了。"孟子说："一个人要做一件事情，是有一种力量在支配他；就是不做，也是有一种力量在阻止他。做与不做，不是单靠人力所能做到的。我不能和鲁侯相遇合，是由于天命。臧家那小子，他怎么有力量使我不和鲁侯相遇合呢？"

公孙丑上

第一章

【原文】

公孙丑问曰："夫子当路于齐，管仲、晏子之功，可复许乎？"①孟子曰："子诚齐人也，知管仲、晏子而已矣。②或问乎曾西曰：'吾子与子路孰贤？'曾西蹴然曰：'吾先子之所畏也。'曰：'然则吾子与管仲孰贤？'曾西艴然不悦曰：'尔何曾比予于管仲？管仲得君，如彼其专也；行乎国政，如彼其久也；功烈，如彼其卑也。尔何曾比予于是？'"③曰："管仲，曾西之所不为也，而子为我愿之乎？"④曰："管仲以其君霸，晏子以其君显。管仲、晏子，犹不足为与？"⑤曰："以齐王，由反手也。"⑥曰："若是，则弟子之惑滋甚。且以文王之德，百年而后崩，犹未洽于天下。武王、周公继之，然后大行。今言王若易，然则文王不足法与？"⑦曰："文王何可当也？由汤至于武丁，贤圣之君六七作，天下归殷久矣，久则难变也。武丁朝诸侯有天下，犹运之掌也。纣之去武丁未久也，其故家遗俗，流风善政，犹有存者。又有微子、微仲、王子比干、箕子、胶鬲，皆贤人也，相与辅相之，故久而后失之也。尺地莫非其有也，一民莫非其臣也，然而文王犹方百里起，是以难也。[8]齐人有言曰："虽有智慧，不如乘势；虽有镃基，不如待时。'今时则易然也。[9]夏后、殷、周之盛，地未有过千里者也，而齐有其地矣；鸡鸣狗吠相闻，而达乎四境，而齐有其民矣。地不改辟矣，民不改聚矣，行仁政而王，莫之能御也。[10]且王者之不作，未有疏于此时者也；民之憔悴于虐政，未有甚于此时者也。饥者易为食，渴者易为饮。[11]孔子曰："德之流行，速于置邮而传命。'[12]当今之时，万乘之国，行仁政，民之悦之，犹解倒悬也。故事半古之人，功必倍之，惟此时为然。"[13]

【注释】

①公孙丑，孟子弟子，齐人也。当路，居要地也。管仲，齐大夫，名夷吾，相桓公，霸诸侯。许，犹期也。孟子未尝得政，丑盖设辞以问也。

②齐人但知其国有二子而已，不复知有圣贤之事。

③蹴（cù）。艴，音拂，又音勃。曾，并音增。孟子引曾西与或人问答如此。曾西，曾子之孙。蹴，不安貌。先子，曾子也。艴，怒色也。曾之言则也。烈，犹光也。桓公独任管仲四十余年，是专且久也。管仲不知王道而行霸术，故言功烈之卑也。杨氏曰："孔子言子路之才，曰千乘之国，

可使治其赋也。使其见于施为，如是而已。其于九合诸侯，一匡天下，固有所不逮也。然则曾西推尊子路如此，而羞比管仲者，何哉？譬之御者，子路则范我驰驱而不获者也，管仲之功，诡遇而获禽耳。曾西，仲尼之徒也，故不管仲之事。”

④子为之"为"去声。曰，孟子言也。愿，望也。

⑤与，阴平。显，显名也。

⑥王，去声。由、犹通。反手，言易也。

⑦易，去声，下同。与，阴平。滋，益也。文王九十七而崩，言百年，举成数也。文王三分天下，才有其二。武王克商，乃有天下。周公相成王，制礼作乐，然后教化大行。

⑧朝，音潮。鬲，音隔，又音历。辅相之"相"，去声。犹方之"犹"，与由通。当，犹敌也。商自成汤至于武丁，中间太甲、太戊、祖乙、盘庚，皆贤圣之君。作，起也。自武丁至纣，凡九世。故家，旧臣之家也。

⑨镃，音兹。镃基，田器也。时，谓耕种之时。

⑩此言其势之易也。三代盛时，王畿不过千里，今齐已有之，异于文王之百里。又鸡犬之声相闻，自国都以至于四境，言民居稠密也。

⑪此言其时之易也。自文、武至此七百余年，异于商之贤圣继作；民苦虐政之甚，异于纣之犹有善政。易为饮食，言饥渴之甚，不待甘美也。

⑫邮，音尤。置，驿也；邮，馹也：所以传命也。孟子引孔子之言如此。

⑬乘，去声。倒悬，喻困苦也。所施之事半于古人，而

功倍于古人，由时势易而德行速也。

【译文】

公孙丑问说："要是让你在齐国执政，管仲、晏子的功绩可以再度振兴吗？"

孟子答道："你真不愧是个齐国人，仅仅知道管仲、晏子罢了。有人询问过曾西：'老兄要是跟子路相比，谁更贤能？'曾西惶惶不安地说：'他是我的先辈所敬畏的楷模！'那人又问：'那么，老兄要是跟管仲相比，谁更贤能呢？'曾西突然蹦起脸不高兴地说：'你为什么居然拿我去跟管仲相比？管仲受齐桓公信赖而那样地专权，掌管国家的政事又那样地长久，功绩成就却那样微不足道，你为什么拿我跟这样的人相比呢？'"（孟子又接着）说："管仲这号人，连曾西都不屑跟他相比，你以为我会羡慕仿效他吗？"

公孙丑说："管仲辅佐君王（桓公）称霸，晏子辅佐君王（景公）扬名，难道管仲、晏子竟值不得称许吗？"

孟子说："像齐国要统一天下，就好比把手掌翻一下那样（容易）。"

公孙丑说："照您这样讲，我这学生越听越糊涂。凭周文王的德行修养，将近一百年才寿终，（他的教化、影响）也还没有遍及天下。直到武王和周公继承了他的遗业，（教化）才广泛推行。现在您谈论天下统一说得如此容易，岂不是连周文王也值不得效法了吗？"

孟子说："周文王怎么能比得上呢？试看商朝从汤到武丁，称得起贤能明智的国君就有六七个，天下归服

吴起吮卒病疽

殷商的年代已经相当长久，年代长了就很难变动。武丁使诸侯来朝见，行使天下治理的权力，就好比在手心中运转东西一样容易。而商代末君纣，距武丁并不算太长久，当时商朝的功臣勋旧、优良传统、美好风尚、仁政善教，仍然有影响，更有微子、微仲、王子比干、箕子、胶鬲——这些都是贤能的人——共同辅佐他，所以能经历久远的年代才沦亡。（对纣说来，当时）没有一尺土地不隶属于他，没有一个百姓不归附他。然而，周文王还只能从百里见方的小地盘起家，所以，是很不容易的。齐国百姓中流传着这样一句俗话。'即便有妙计，也要抓紧时机；即便有锄犁，也要等节气。'当前的形势就很顺利；在夏、商、周三朝兴盛的时期，都没有哪一国拥有超过千里见方的国土，而齐国却有如此辽阔的土地，连鸡鸣狗吠的声音（从国都）直至四面八方的国境线都能相互听到，更何况齐国还有（众多）百姓。疆土用不着再扩充，百姓也用不着再增添，如果能施行仁政以统一天下，没有谁能够抵挡得了它！而且，行仁政的君主没有出现，（恐怕）没有比这个时期（相隔）更久远的了；百姓被暴政迫害得面黄肌瘦的现象，也没有比这个时期更严重的了。饿肚子的人饥不择食，唇舌焦枯的人也不挑剔饮料。孔夫子说过：'德政的传播，比驿站传达国家的命令还要快。'面对当今形势，拥有万辆兵车的国家一施行仁政，百姓的高兴，就好比被吊着的人得到解脱一样。因此，如果只做古代人的一半好事，功效必然会加倍地超过（古代人），只有在这个时代，才能够办到。"

第二章

【原文】

　　公孙丑问曰："夫子加齐之卿相，得行道焉，虽由此霸王不异矣。如此则动心否乎？"孟子曰："否，我四十不动心。"①曰："若是，则夫子过孟贲远矣。"曰："是不难。告子先我不动心。"②曰："不动心有道乎？"曰："有。③北宫黝之养勇也：不肤挠，不目逃，思以一毫挫于人，若挞之于市朝；不受于褐宽博，亦不受于万乘之君；视刺万乘之君，若刺褐夫；无严诸侯，恶声至，必反之。④孟施舍之所养勇也，曰：'视不胜犹胜也；量敌而后进，虑胜而后会，是畏三军者也。舍岂能为必胜哉？能无惧而已矣。'⑤孟施舍似曾子，北宫黝似子夏。夫二子之勇，未知其孰贤，然而孟施舍守约也。⑥昔者曾子谓子襄曰：'子好勇乎？吾尝闻大勇于夫子矣：自反而不缩，虽褐宽博，吾不惴焉；自反而缩，虽千万人，吾往矣。'⑦孟施舍之守气，又不如曾子之守约也。"⑧曰："敢问夫子之不动心，与告子之不动心，可得闻与？""告子曰：'不得于言，勿求于心；不得于心，勿求于气。'不得于心，勿求于气；可。不得于言，勿求于心；不可。夫志，气之帅也；气体之充也。夫志至焉，气，次焉。故曰：'持其志，无暴其气。'"⑨"既曰'志至焉，气次焉'，又曰：'持其志，无暴其气'者，何也？"曰："志壹则动气，气壹则动志也。今夫蹶者、趋者，是气也，而反动其心。"⑩

【注释】

①相，去声。此承上章，又设问孟子若得位而行道，则虽由此而成霸王之业，亦不足怪。任大责重如此，亦有所恐惧疑惑而动其心乎？四十强仕，君子道明德立之时。孔子四十而不惑，亦不动心之谓。

②贲，音奔。孟贲，勇士。告子，名不害。孟贲血气之勇，丑盖惜之以赞孟子不动心之难。孟子言告子未为知道，乃能先我不动心，则此亦未足为难也。

③程子曰：心有主，则能不动矣。

④黝，伊纠反。挠，奴效反。朝，音潮。乘，去声。北宫，姓；黝，名。肤挠，肌肤被刺而挠屈也。目逃，目被刺而转睛逃避也。挫，犹辱也。褐，毛布；宽博，宽大之衣，贱者之服也。不受者，不受其挫也。刺，杀也。严，畏惮也，言无可畏惮之诸侯也。黝盖刺客之流，以必胜为主，而不动心者也。

⑤舍，去声，下同。孟，姓；施，发语声；舍，名也。会，合战也。舍自言其战虽不胜，亦无所惧，若量敌虑胜而后进战，则是无勇而畏三军矣。舍盖力战之士，以无惧为主，而不动心者也。

⑥夫，音扶。黝务敌人，舍专守己。子夏笃信圣人，曾子反求诸己，故二子之与曾子、子夏虽非等伦，然论其气象，则各有所似。贤，犹胜也。约，要也。言论二子之勇，则未知谁胜；论其所守，则舍比于黝为得其要也。

⑦好，去声。愞，之瑞反。此言曾子之勇也。子襄，曾子弟子也。夫子，孔子也。缩，直也。《檀弓》曰："古者冠缩缝，今也衡缝。"又曰："棺束缩二衡三。"愞，恐惧之也。往，往而敌之也。

⑧言孟施舍虽似曾子，然其所守，乃一身之气，又不如曾子之反身循理，所守尤得其要也。孟子之不动心，其原盖出于此。下文详之。

⑨闻与之"与"阴平。夫志之"夫"，音扶。此一节，公孙丑之问，孟子诵告子之言，又断以己意而告之也。告子谓，于言有所不达，则当舍置其言，而不必反求其理于心；于心有所不安，则当力制其心，而不必更求其助于气。此所以固守其心而不动之速也。孟子既诵其言，而断之曰，彼谓不得于心，而勿求诸气者，急于本而缓其末，犹之可也；谓不得于言，而不求诸心，则既失于外，而遂遗其内，其不可也必矣。然凡曰可者，亦仅可而有所未尽之辞耳，若论其极，则志固心之所之，而为气之将帅；然气亦人之所以充满于身，而为志之卒徒者也。故志固为至极，而气即次之。人固当敬守其志，然亦不可不致养其气。盖其内外本末，交相培养。此则孟子之心所以未尝必其不动，而自然不动之大略也。

⑩夫，音扶。公孙丑见孟子言志至而气次，故问：如此，则专持其志可矣，又言无暴其气，何也？壹，专一也。蹶，颠蹶也。趋，走也。孟子言志之所向专一，则气固从之；然气之所在专一，则志亦反为之动。如人颠蹶趋走，则气专在是而反动其心焉。所以既持其志，而又必无暴其气

也。程子曰："志动气者什九，气动志者什一。"

【译文】

公孙丑问孟子："先生您要担任齐国的卿相大官，能有机会实行您的王道抱负，即使因此成就霸者王者的大业，都不足为怪。要是这样，您是否会动心呢？"

孟子说："不。我四十岁时就已做到不动心了。"

公孙丑说："照这样说来，先生比孟贲强多了。"

孟子说："做到这个并不难，告子做到不动心比我还要早。"

公孙丑说："做到不动心有什么诀窍吗？"

孟子说："有。北宫黝培养勇气的方法是：肌肤被刺而不退缩，眼睛被刺而不逃避，即使有一根毫毛被他人伤害，也觉得犹如在大庭广众之下遭到鞭打一样；他既不受挫于卑贱的匹夫，也不受挫于大国的君主，把刺杀大国的君主看作如同刺杀普通平民一样；他不畏惧国君侯王，受到辱骂必定回骂。孟施舍培养勇气的方法又不同，他说：'我对待不能战胜的敌人和对待能够战胜的敌人没有两样。如果先估量敌方的强弱然后才前进，思虑胜败然后才交锋，必定会畏惧众多的敌军，我怎么能有勇气一定战胜呢？我只是能够无所畏惧罢了。'孟施舍的养勇像曾子，北宫黝却有点像子夏。这两个人的养勇哪个更好些，我也说不准。我认为孟施舍能抓住养勇的要领，即无所畏惧，一往无前。从前，曾子对他的学生子襄说：'你崇尚勇敢吗？我曾经听孔夫子说过大勇；反躬自问如果没理，即使对方是平民，我也不能去凌辱他；

反躬自问确有道理，即使面对千军万马，我也将勇往直前。'
孟施舍虽说有点像曾子，但他所守的是无所畏惧的勇气，到
底不及曾子守着有理这一要领。"

公孙丑说："请问先生的不动心和告子的不动心，可以
说给我听听吗？"

孟子立即回答道："告子说：'对于对方语言的意思有
弄不清的地方，便抛开不必用心琢磨他的话有没有道理；对
于一件事的道理心里未弄妥实，就应抑制自己的心绪。千万
别再因此动气。'对于一件事的道理心里未弄妥实，就应当
抑制自己的心绪，千万别再因此动气，这是对的，如果认为
对于对方语言的意思有弄不清的地方，便应当抛开他的话，
不必在自己心上去琢磨他的话有没有道理，那就不对了。意
思是说志是气的将帅，气是充满身体的兵卒。志达到了什么
境界，气也会随之到达哪里，所以说，要坚定自己的志，不
要随便用自己的气。"

公孙丑又问道："既然说'志达到了什么境界，气也会到
达哪种程度，'又说'要坚定自己的志，不要滥用自己的气，'
这是什么道理呢？"

孟子回答说："志专一了就会鼓动气，气专一了就会鼓
动志。现在看看那些倒行逆施、趋炎附势的人，正是因为气
却反转过来牵动了他们的心。"

【原文】

"敢问夫子恶乎长？"曰："我知言，我善养吾浩然之

气。"① "敢问何谓浩然之气？" 曰："难言也。②其为气也，至大至刚，以直养而无害，则塞于天地之间。③其为气也，配义与道。无是，馁也。④是集义所生者，非义袭而取之也。行有不慊于心，则馁矣。我故曰告子未尝知义，以其外之也。⑤必有事焉而勿正。心勿忘，勿助长也；无若宋人然。宋人有闵其苗之不长而揠之者，芒芒然归。谓其人曰：'今日病矣，予助苗长矣。'其子趋而往视之，苗则槁矣。天下之不助苗长者，寡矣。以为无益而舍之者，不耘苗者也；助之长者，揠苗者也。非徒无益，而又害之。"⑥ "何谓知言？" 曰："诐辞知其所蔽，淫辞知其所陷，邪辞知其所离，遁辞知其所穷。生于其心，害于其政；发于其政，害于其事。圣人复起，必从吾言矣。"⑦

【注释】

①恶，阴平，音乌。公孙丑复问，孟子之不动心所以异于告子如此者，有何所长而能然，而孟子又详告之以其故也。知言者，尽心知性，于凡天下之言，无不有以究极其理，而识其是非得失之所以然也。浩然，盛大流行之貌。气，即所谓体之充者，本自浩然，失养故馁，惟孟子为善养之以复其初也。盖惟知言，则有以明夫道义，而于天下之事无所疑；养气，则有以配夫道义，而于天下之事无所惧。此其所以当大任而不动心也。告子之学与此正相反，其不动心，殆亦冥然无觉，悍然不顾而已尔。

②孟子先言知言而丑先问气者，承上文方论志气而言也。难言者，盖其心所独得而无形声之验，有未易以言语形

大禹像

容者。故程子曰："观此一言，则孟子之实有是气可知矣。"

③至大，初无限量。至刚，不可屈挠。盖天地之正气而人得以生者，其体段本如是也。惟其自反而缩，则得其所养而又无所作为以害之，则其本体不亏，而充塞无间矣。

④馁，奴罪反。配者，合而有助之意。义者，人心之裁制。道者，天理之自然。馁，饥乏而气不充体也。言人能养成此气，则其气合乎道义而为之助，使其行之勇决，无所疑惮；若无此气，则其一时所为，虽未必不出于道义，然其体有所不充，则亦不免于疑惧而不足以有为矣。

⑤慊，口簟、口劫二反。集义，犹言积善，盖欲事事皆合于义也。袭，掩取也。如齐侯袭莒之"袭"。言气虽可以配乎道义，而其养之之始，乃由事皆合义，自反常直，是以无所愧怍，而此气自然发生于中；非由只行一事偶合于义，便可掩袭于外而得之也。慊，快也，足也。言所行一有不合于义，而自反不直，则不足于心，而其体有所不充矣。然则义岂在外哉？告子不知此理，乃曰仁内义外，而不复以义为事，则必不能集义以生浩然之气矣。上文不得于言，勿求于心，即外义之意。详见《告子上》篇。

⑥长，上声。舍，上声。必有事焉而勿正，赵氏、程子以七字为句。近世或并下文"心"字读之者，亦通。必有事焉，有所事也，如有事于颛臾之"有事"。正，预期也。《春秋传》曰"战不正胜"是也。如作"正心"义亦同。此与《大学》之所谓"正心"者，语意自不同也。此言养气者必以集义为事，而勿预期其效。其或未充，则但当勿忘其所有事，则不可作为以助其长，乃集义养气之节度

也。闵，忧也。揠，拔也。芒芒，无知之貌。其人，家人也。病，疲倦也。舍之而不耘者，忘其所有事；揠而助之长者，正之不得，而妄有作为者也。然不耘则失养而已，揠则反以害之。无是二者，则气得其养而无所害矣。如告子不能集义，而欲强制其心，则必不能免于正助之病，其于所谓"浩然"者，盖不惟不善养，而又反害之矣。

⑦诐，彼寄反。复，扶又反。此公孙丑复问，而孟子答之也。诐，偏陂也。淫，放荡也。邪，邪僻也。遁，逃避也。四者相因，言之病也。蔽，遮隔也。陷，沈弱也。离，叛去也。穷，困屈也。四者亦相因，则心之失也。人之有言，皆出于心。其心明乎正理而无蔽，然后其言平正通达而无病；苟为不然，则必有是四者之病矣。即其言之病，而知其心之失，又知其害于政事之决然而不可易者如此。非心通于道，而无疑于天下之理，其孰能之？彼告子者，不得于言而不肯求之于心，至为义外之说，则自不免于四者之病，其何以知天下之言而无所疑哉？

【译文】

公孙丑问道："请问先生擅长于什么呢？"

孟子说："我善于分析别人的言辞，而识别是非得失并探究其原因，我善于培养自己的浩然之气。"

公孙丑说："请问什么叫做浩然之气呢？"

孟子说："这个很难说透。它作为气，是最伟大、最刚强，有正直去培养它而不加损害，它就会充满于天地之间，无所不在。它作为气，必须与义和道相匹配，否则，就显得软弱乏力。它是义在内心积累起来所产生的，不是义由外入内而取得的。如果行为中有件事使内心感到愧疚时，马上它就没有力量了。我之所以说告子未曾了解义，就是因为他把义看作是外在的东西。去做一件事自然合乎道义，必须坚持到底，不要故意做作，心中不要忘记养气的事，但也不要去按它成长的规律去用外力帮助它成长，千万不要像宋国人那样：宋国有个担心他的禾苗长不快而把苗拔高的人，拖着疲倦不堪的身子回到家中，告诉家里的人说：'今天简直累死了呀！我帮助禾苗都长高了。'他的儿子赶快跑去一看，禾苗都枯萎了。世上不帮助禾苗生长的人是很少的，认为帮助没有益处而放弃不干的，就是那不锄草耘苗的懒汉，那不按照规律用外力帮助它生长的人，就是那拔苗助长的人。这样做不但没有好处，而且反而会伤害它。"

公孙丑又问道："什么叫做知言呢？"

孟子说："听了偏颇的言辞，我知道他的病根在于闭塞；听了浮夸的言辞，我知道他的病根在于失实；听了邪僻的言辞，我知道他的病根在于偏离正道；听了搪塞的言辞，我知道他的病根在于理屈词穷。上述四种言辞，如果萌生于内心，便会危害于施政；如果萌生于政措，便会妨害于实行。今后再有圣人出现，也一定会同意我的见解。"

【原文】

"宰我、子贡，善为说辞；冉牛、闵子、颜渊，善言德行。孔子兼之，曰：‘我于辞命，则不能也。’然则夫子既圣矣乎？”①曰：“恶！是何言也？昔者子贡问于孔子曰：‘夫子圣矣乎？’孔子曰：‘圣则吾不能。我学不厌，而教不倦也。’子贡曰：‘学不厌，智也；教不倦，仁也。仁且智，夫子既圣矣。’夫圣，孔子不居。是何言也！”②“昔者窃闻之：子夏、子游、子张皆有圣人之一体；冉牛、闵子、颜渊则具体而微。敢问所安。”③曰：“伯夷、伊尹何如？”曰：“不同道。非其君不事，非其民不使；治则进，乱则退：伯夷也。何事非君，何使非民；治亦进，乱亦进：伊尹也。可以仕则仕，可以止则止；可以久则久，可以速则速：孔子也。皆古圣人也，吾未能有行焉。乃所愿，则学孔子也。”④“伯夷、伊尹于孔子，若是班乎？”曰：“否。自有生民以来，未有孔子也。”⑤曰：“然则有同与？”曰：“有。得百里之地而君之，皆能以朝诸侯、有天下；行一不义、杀一不辜而得天下，皆不为也。是则同。”⑥曰：“敢问其所以异？”曰：“宰我、子贡、有若，智足以知圣人，污不至阿其所好。⑦宰我曰：‘以予观于夫子，贤于尧、舜远矣。’⑧子贡曰：‘见其礼而知其政，闻其乐而知其德。由百世之后，等百世之王，莫之能违也。自生民以来，未有夫子也。’⑨有若曰：‘岂惟民哉？麒麟之于走兽，凤凰之于飞鸟，泰山之于丘垤，河海之于行潦，类也。圣人之于民，亦类也。出于其类，拔乎其萃，自生民以来，未有盛于孔子也。’”⑩

【注释】

①行，去声。此一节，林氏以为皆公孙丑之问，是也。

嬖人沮见

说辞，言语也。德行，得于心而见于行事者也。三子善言德行者，身有之，故言之亲切而有味也。公孙丑言数子各有所长，而孔子兼之，然犹自谓不能于辞命。今孟子乃自谓我能知言，又善养气，则是兼言语、德行而有之，然则岂不既圣矣乎？此"夫子"，指孟子也。程子曰："孔子自谓不能于辞命者，欲使学者务本而已。"

②恶，阴平，音乌。夫圣之"夫"，音扶。恶，惊叹辞也。"昔者"以下，孟子不敢当丑之言，而引孔子、子贡问答之辞以告之也。此"夫子"，指孔子也。学不厌者，智之所以自明；教不倦者，仁之所以及物。再言"是何言也"，以深拒之。

③此一节，林氏亦以为皆公孙丑之问，是也。一体，犹一肢也。具体而微，谓有其全体，但未广大耳。安，处也。公孙丑复问孟子，既不敢比孔子，则于此数子，欲何所处也？曰："姑舍是。"舍，上声。孟子言且置是者，不欲以数子所至者自处也。

④治，去声。伯夷，孤竹君之长子。兄弟逊国，避纣隐居，闻文王之德而归之。及武王伐纣，去而饿死。伊尹，有莘之处士。汤聘而用之，使之就桀。桀不能用，复归于汤。如是者五，乃相汤而伐桀也。三圣人事，详见此篇之末及《万章下》篇。

⑤班，齐等之貌。公孙丑问，而孟子答之以不同也。

⑥与，平声。朝，音潮。有，言有同也。以百里而王天下，德之盛行；行一不义、杀一不辜而得天下，有所不为，心之正也。圣人之所以为圣人，其根本节目之大者，惟在于此；于此不同，则亦不足以为圣人矣。

⑦污，音蛙。好，去声。污，下也。三子智足以知夫子之道，假使污下，必不阿私所好而空誉之。明其言之可信也。

⑧程子曰："语圣则不异，事功则有异。夫子贤于尧、舜，语事功也。盖尧、舜治天下，夫子又推其道以垂教方世。尧、舜之道，非得孔子，则后世亦何所据哉？"

⑨言大凡见人之礼，则可以知其政；闻人之乐，则可以知其德。是以我从百世之后，差等百世之王，无有能遁其情者，而见其皆莫若夫子之盛也。

⑩垤，大结反。潦，音老。麒麟，毛虫之长。凤凰，羽虫之长。垤，蚁封也。行潦，道上无源之水也。出，高出也。拔，特起也。萃，聚也。言自古圣人固皆异于众人，然未有如孔子之尤盛者也。

【译文】

公孙丑说："宰我、子贡善于讲话谈论，冉牛、闵子和颜渊善于阐述德行，孔子则兼有他们的长处，但他还是说：'我对于辞命，就不擅长了。'如此说来，先生您既知言，又善养浩然之气，已经称得上圣人了吧？"

孟子说："哎！你这是什么话呢？从前子贡向孔子问道：您老师已经成了圣人了吧？'孔子说：'圣人，我还不敢当，我只是能做到：学习不感到满足，教诲不感到疲倦罢了。'子贡说：'学习不感到满足，是智的表现；教诲不感到疲倦，是仁的表现。有仁有智，孔夫子您已经称得上是圣人了啊。'圣人，孔子都不敢当，您讲我是圣人，这是什么话呢？"

公孙丑问道："从前我听说过，子夏、子游和子张，都学得了孔圣人一方面的特长，冉牛、闵子、颜渊大体上具备了孔夫子的才德，只是不及他的博大。请问先生，您在上面这些人中间与哪一个更近似呢？"

孟子说："暂且不谈这些吧。"

公孙丑又问："伯夷和伊尹怎么样呢？"

孟子说："他们处世之道并不相同。不够格的君主不事奉，不够格的民众不使唤；世道太平就做官，世道昏乱就退隐，这是伯夷；任何君主都事奉，任何民众都使唤；世道太平也做官，世道昏乱也做官，这是伊尹。能做官就做官，能退隐就退隐，能长久干就长久干，能离开就快离开，这是孔子。他们都是古代的圣人，我没能做到他们那样，至于我个人的愿望，便是要学习孔子。"

公孙丑又问："伯夷、伊尹能与孔子相提并论吗？"

孟子说："不！自有人类以来，从未有过孔子那样伟大的人物。"

公孙丑说："那么，他们有共同之处吗？"

孟子说："有。如果他们能得到方圆百里的疆土而又被拥立为君主，他们都能使诸侯来朝见，拥有天下；如果要他们做一件不合道义的事，杀一个无辜的人来得到天下，他们都不会干的，这是他们的共同之处。"

公孙丑说："请问他们的不同在什么地方？"

孟子说："宰我、子贡、有若，他们的智慧足以了解圣人，他们虽然地位低下，但不至于奉承他们所喜爱的人。宰我说：'依我看来，孔夫子比尧、舜强多了。'子贡说：'见到一个国家所行的礼制就明了它的政事，听到一个人家所奏的音乐就明了它的德行，即使从百世之后来评价这百世之中的君王，也没有一个能违背孔夫子的观点。自有人类社会以来，从未有过孔夫子这样的圣人。'有若说：'难道只有民众有高下之分么？麒麟对于走兽、凤凰对于飞禽，泰山对于土丘、河海对于水塘，都是同类；圣人对于民众，也是同类。高出他的同类，超越他的群体，自有人类社会以来，从未有过比孔夫子更伟大的人了。'"

第三章

【原文】

孟子曰："以力假人者霸，霸必有大国；以德行仁者王，王不待大。汤以七十里，文王以百里。①以力服人者，非心服也，力不赡也；以德服人者，中心悦而诚服也，如七十子之服孔子也。《诗》云：'自西自东，自南自北，无思不服。'此之谓也。"②

【注释】

①力，谓土地甲兵之力。假仁者，本无是心，而借其事以为功者也。霸，若齐桓、晋文是也。以德行仁，则自吾之得于心者推之，无适而非仁也。

②赡，足也。诗，《大雅·文王有声》之篇。王霸之心，

626

诚伪不同。故人所以应之者，其不同亦如此。

【译文】

孟子说："凭借武力而假托仁义的人可以称霸，称霸必须依靠国力的强大。依靠道德施行仁义的可以统一天下，统一天下不必仗恃国力的强大。成汤只用方圆 70 里土地，周文王只用方圆百里土地，就使天下归服。以武力征服别人的，别人并不心悦诚服，只是力量不足；以德行征服别人的，别人才内心服气而甘愿服从，就像 70 多位学生顺服孔子那样。《诗经》上说：'从西到东，从南到北，无不心悦诚服。'就是说的这个意思。"

第四章

【原文】

孟子曰："仁则荣，不仁则辱。今恶辱而居不仁，是犹恶湿而居下也。①如恶之，莫如贵德而尊士，贤者在位，能者在职，国家闲暇，及是时，明其政刑，虽大国，必畏之矣。②《诗》云：'迨天之未阴雨，彻彼桑土，绸缪牖户。今此下民，或敢侮予？'孔子曰：'为此诗者，其知道乎！能治其国家，谁敢侮之？'③今国家闲暇，及是时，般乐怠敖，是自求祸也。④祸福无不自己求之者。⑤《诗》云：'永言配命，自求多福。'《太甲》曰：'天作孽，犹可违；自作孽，不可活。'

此之谓也。"⑥

【注释】

①恶，去声。下同。好荣恶辱，人之常情。然徒恶之而不去其得之之道，不能免也。

②闲。此因其恶辱之情而进之以强仁之事也。贵德，犹尚德也。士，则指其人而言之。贤，有德者，使之在位，则足以正君而善俗。能，有才者，使之在职，则足以修政而立事。国家闲暇，可以有为之时也。详味及字，则惟日不足之意可见矣。

③彻，直列反。土，音杜。绸，音稠。缪，武彪反。诗，《豳风·鸱鸮》之篇，周公之所作也。迨，及也。彻，取也。桑土，桑根之皮也。绸缪，缠绵补葺也。牖户，巢之通气出入处也。予，鸟自谓也。言我之备患详密如此，今此在下之人，或敢有侮予者乎？周公以鸟之为巢如此，比君之为国，亦当思患而预防之。孔子读而赞之，以为知道也。

④般，音盘。乐，音洛。敖，音傲。言其纵欲偷安，亦惟日不足也。

⑤结上文之意。

⑥孽，鱼列反。诗，《大雅·文王》之篇。永，长也。言，犹念也。配，合也。命，天命也。此言福之自己求者。《太甲》，乃《商书》篇名。孽，祸也。违，避也。活，生也，《书》作"逭"。逭，犹缓也。此言祸之自己求者。

【译文】

孟子说："当政者推行仁政就有荣耀，不行仁政就遭耻辱。现在他们厌恶遭受耻辱，却处在不仁的境地，这就如同厌恶潮湿而又处于低洼之地一样。如果厌恶遭受耻辱，不如重视德行并尊敬士人，使有德行的人身居高位，使有才能的人担任一定职务。国家局势稳定，趁这个时机，修明政治法典。即使是强大的邻国，也必定畏惧它。《诗经》上说：'趁着天晴没阴雨，剥些桑树根上皮，修补窗子和门户。现在你们下面人，有谁还敢来欺侮？'孔子说；'作这篇诗的人，很懂得道理啊！能够治理好自己的国家，谁敢欺侮他？'现在国家局势稳定，在这个时候追求享乐，懈怠游玩，这是自寻祸害。《诗经》上又说：'常顺天命不相违，寻求幸福靠自强。'《太甲》中也说过：'天降的灾祸，还可以躲；自造的罪孽，逃也逃不脱。'就是说的这个意思。"

第五章

【原文】

孟子曰："尊贤使能，俊杰在位，则天下之士皆悦而愿立于其朝矣；①市廛而不征，法而不廛，则天下之商皆悦而愿藏于其市矣；②关讥而不征，则天下之旅皆悦而愿出于其路矣；解见前篇。耕者助而不税，则天下之农皆悦而愿耕于其野矣；③廛无夫里之布，则天下之民皆悦而愿为之氓矣。④信能行此五者，则邻国之民仰之若父母矣。率其子弟，攻其父母，自生民以来，未有能济者也。如此，则无敌于天下。无敌于天下者，天吏也。然而不王者，未之有也。"

【注释】

①朝，音潮。俊杰，才德之异于众者。

②廛，市宅也。张子曰："或赋其市地之廛而不征其货，或治之以市官之法而不赋其廛。盖逐末者多，则廛以抑之；少则不必廛也。"

③但使出力以助耕公田，而不税其私田也。

④氓，音盲。《周礼》："宅不毛者有里布，民无职事者，出夫家之征。"郑氏谓："宅不种桑麻者，罚之使出一里二十五家之布；民无常业者，罚之使出一夫百亩之税，一家力役之征也。"今战国时，一切取之。市宅之民已赋其廛，又令出此夫里之布，非先王之法也。氓，民也。

【译文】

孟子说："尊重有贤德的人，任用有才能的人，让才德杰出者居于上位，天下的士人就会很高兴，愿意到这里做官。市场上为商人提供存放货物的场所但不向他们征税，当商品滞销时又依法收购，天下的商人就很高兴愿意来这里做买卖了。关口上只稽查而不征税，天下旅行的人就会很高兴愿意走在这里的大路上。农民只需要耕种公田而不另外交税，天下的农民也就高兴并愿意在这里的土地上耕种了。住宅不收另外的税，天下的老百姓就会高兴地愿做这里的臣民。如果真的能做到这五点，那么邻国的老百姓就会像仰望父母那样看待他。带领子弟去打他们的父母，自从有了人类也没谁成功过。能做到这样，天下就没有对手了。天下没有对手，这就等于上天派下来管理天下的。这样还不能称王于天下，这是没有过的事情。"

第六章

【原文】

　　孟子曰："人皆有不忍人之心。①先王有不忍人之心，斯有不忍人之政矣。以不忍人之心，行不忍人之政，治天下可运之掌上。②所以谓人皆有不忍人之心者，今人乍见孺子将入于井，皆有怵惕恻隐之心。非所以内交于孺子之父母也，非所以要誉于乡党朋友也，非恶其声而然也。③由是观之，无恻隐之心，非人也；无羞恶之心，非人也；无辞让之心，非人也；无是非之心，非人也。④恻隐之心，仁之端也；羞恶之心，义之端也；辞让之心，礼之端也；是非之心，智之端也。⑤人之有是四端也，犹其有四体也。有是四端而自谓不能者，自贼者也；谓其君不能者，贼其君者也。⑥凡有四端于我者，知皆扩而充之矣，若火之始然，泉之始达。苟能充之，足以保四海；苟不充之，不足以事父母。"⑦

夫差违谏释越

【注释】

①天地以生物为心，而所生之物，因各得夫天地生物之心以为心，所以人皆有不忍人之心也。

②言众人虽有不忍人之心，然物欲害之，存焉者寡，故不能察识而推之政事之闲。惟圣人全体此心随感而应，故其所行，无非不忍人之政也。

③怵，音黜。内，读为纳。要，阴平，恶，去声，下同。乍，犹忽也。怵惕，惊动貌。恻，伤之切也。隐，痛之深也。此即所谓不忍人之心也。内，结。要，求。声，名也。言乍见之时，便有此心，随见而发，非由此三者而然也。程子曰："满腔子是恻隐之心。"谢氏曰："人须是识其真心。方乍见孺子入井之时，其心怵惕，乃真心也。非思而得，非勉而中，天理之自然也；内交、要誉，恶其声而然，即人欲之私矣。"

④恶，去声，下同。羞，耻己之不善也。恶，憎人之不善也。辞，解使去己也。让，推以与人也。是，知其善而以为是也。非，知其恶而以为非也。人之所以为心，不外乎是四者，故因论恻隐而悉数之。言人若无此，则不得谓之人，所以明其必有也。

⑤恻隐、羞恶、辞让、是非，情也；仁、义、礼、智，性也。心，统性情者也。端，绪也。因其情之发，而性之本然可得而见，犹有物在中而绪见于外也。

⑥四体，四肢，人之所必有者也。自谓不能者，物欲蔽之耳。

⑦扩，音廓，扩，推广之意。充，满也。四端在我，随处发见，知皆即此推广，而充满其本然之量，则其日新又新，将有不能自已者矣。能由此而遂充之，则四海虽远，亦吾度内，无难保者；不能充之，则虽事之至近而不能矣。此章所论人之性情，心之体用，本然全具，而各有条理如此。学者于此反求默识而扩充之，则天之所以与我者，可以无尽矣。

【译文】

孟子说："人们都有怜恤他人的心理。先王有怜恤他人的心理，于是才有怜恤他人的政措。凭着怜恤他人的善心，施行怜恤他人的政措，使天下大治就容易得好像在掌上玩转什么东西一样。之所以说人都有怜恤他人的心理，比如现在有人突然看见小孩快要掉到井里，都会有惊惧不忍的心理——并不是想要和孩子的父母结交，也不是想在邻里朋友中博取美誉，也不是因为厌恶孩子的哭叫声。由这个看来，没有同情之心的不能算是人；没有羞耻之心的不能算是人；没有谦让之心的，不能算是人；没有是非之心的，也不能算是人。同情之心是仁的发端；羞耻之心是义的发端；谦让之心是礼的发端；是非之心是智的发端。人具有了这四种开端，就好比他具有了四肢。具有这四种开端却自认为不行的，是自暴自弃；认为君主不行的，是暴弃他的君主。凡是自身具备了这四种发端的人，懂得将它们发展充实，就好比刚刚燃起的火焰，刚刚流出的泉水。如果能够扩充它们，就足以安保天下；如果不能扩充它们，那就连着自己的父母也不能奉养了。”

第七章

【原文】

　　孟子曰：“矢人岂不仁于函人哉？矢人唯恐不伤人，函人唯恐伤人。巫、匠亦然。故术不可不慎也。①孔子曰：‘里仁为美。择不处仁，焉得智？’夫仁，天之尊爵也，人之安宅也。莫之御而不仁，是不智也。②不仁不智，无礼无义，人役也。人役而耻为役，由弓人而耻为弓，矢人而耻为矢也。③如耻之，莫如为仁。④仁者如射，射者正己而后发。发而不中，不怨胜己者，反求诸己而已矣。”⑤

【注释】

　　①函，音含。函，甲也。恻隐之心，人皆有之。是矢人之心，本非不如函人之仁也。巫者为人祈祝，利人之生；匠者作为棺椁，利人之死。

　　②焉，于虔反。夫，音扶。里有仁厚之俗者，犹以为美。人择所以自处而不于仁，安得为智乎？此孔子之言也。仁、义、礼、智，皆天所与之良贵。而仁者天地生物之心，得之最先，而兼统四者，所谓元者，善之长也，故曰尊爵。在人则为本心全体之德，有天理自然之安，无人欲陷溺之危，人当常在其中，而不可须臾离者也，故曰安宅。此又孟

子释孔子之意，以为仁道之大如此，而自不为之，岂非不智之甚乎？

③由，与犹通。以不仁故不智；不智，故不知礼义之所在。

④此亦因人愧耻之心，而引之使志于仁也。不言智、礼、义者，仁该全体，能为仁，则三者在其中矣。

⑤中，去声。为仁由己，而由人乎哉？

【译文】

孟子说："造箭的人难道比造甲的人本性要残忍些吗？（如果不是这样，为什么）造箭的人生怕他的箭不能伤害人，而造甲的人却生怕他的甲不能抵御刀箭而伤人呢？做巫的和做木匠的也是这样。（巫唯恐自己的法术不灵，病人不得痊愈；木匠唯恐病人好了，棺材销不出去。）可见一个人选择谋生之术不能不谨慎。孔子说：'与仁共处是好的。自己不选择与仁共处，怎么能说是聪明呢？'仁，是上天赐予的最尊贵的爵位，是人最安逸的住宅。没有人来阻止你，你却不仁，这是不明智的。不仁、不智、无礼、无义，这种人只能做别人的仆役。作为一个仆役而自以为耻，就好比造弓的人以造弓为耻，造箭的人以造箭为耻一样。如果真以为耻，不如好好地去实践仁义。实行仁义的人好比比赛射箭的人一样：射箭的人先必须端正自己的姿势然后才能开弓；如果没有射中，不能埋怨那些胜过自己的人，只能反过来审查自己哪里没做好罢了。"

第八章

【原文】

　　孟子曰："子路，人告之以有过则喜；①禹闻善言则拜；②大舜有大焉，善与人同，舍己从人，乐取于人以为善，③自耕稼、陶、渔以至为帝，无非取于人者。④取诸人以为善，是与人为善者也。故君子莫大乎与人为善。"⑤

【注释】

　　①喜其得闻而改之，其勇于自修如此。周子曰："仲由喜闻过，令名无穷焉。今人有过，不喜人规，如讳疾而忌医，宁灭其身而无悟也。噫！"程子曰："子路，人告之以有过则喜，亦可谓百世之师矣。"

　　②《书》曰："禹拜昌言。"盖不待有过，而能屈己以受天下之善也。

　　③舍，上声。乐，音洛。言舜之所为，又有大于禹与子路者。善与人同，公天下之善而不为私也。己未善，则无所系吝而舍以从人；人有善，则不待勉强而取之于己：此善与人同之目也。

　　④舜之侧微，耕于历山，陶于河滨，渔于雷泽。

　　⑤与，犹许也，助也。取彼之善而为之于我，则彼益劝于为善矣，是我助其为善也。能使天下之人皆劝于为善，君

子之善，孰大于此？此章言圣贤乐善之诚，初无彼此之间，故其在人者有以裕于己，在己者有以及于人。

【译文】

孟子说："子路，别人把他的错误指点给他，他便高兴。禹听到了善言，就给人敬礼。伟大的舜更是了不得，他对于行善，没有别人和自己的区分，抛弃自己的不是，接受人家的是，非常快乐地吸取别人的优点来自己行善。从他种庄稼，做瓦器、做渔夫一直到做天子，没有一处优点不是从别人那里吸取来的。吸取别人的优点来自己行善，这就是偕同别人一道行善。所以君子最高的德行就是偕同别人一道行善。"

第九章

【原文】

孟子曰："伯夷，非其君不事，非其友不友。不立于恶人之朝，不与恶人言；立于恶人之朝，与恶人言，如以朝衣朝冠坐于涂炭。推恶恶之心，思与乡人立，其冠不正，望望然去之，若将浼焉。是故诸侯虽有善其辞命而至者，不受也。不受也者，是亦不屑就已。①柳下惠，不羞污君，不卑小官；进不隐贤，必以其道；遗佚而不怨，阨穷而不悯；故曰：'尔为尔，我为我。虽袒裼裸裎于我侧，尔焉能浼我哉？’故由由然与之偕而不自失焉，援而止之而止。援而止之而止者，是亦不屑去已。”②孟子曰：“伯夷隘，柳下惠不恭。隘与不恭，君子不由也。”③

【注释】

①朝，音潮。恶恶，上去声，下如字。浼，莫罪反。涂，泥也。乡人，乡里之常人也。望望，去而不顾之貌。浼，污也。屑，赵氏曰：“洁也。”《说文》曰：“动作切切也。”不屑就，言不以就之为洁，而切切于是也。已，语助词。

②佚，音逸。袒，音但。裼，音锡。裸，鲁果反。裎，音程。焉能之“焉”，于虔反。柳下惠，鲁大夫展禽，居柳下而谥惠也。不隐贤，不枉道也。遗佚，放弃也。阨，困也。悯，忧也。“尔为尔”至“焉能浼我哉”，惠之言也。袒裼，露臂也。裸裎，露身也。由由，自得之貌。偕，颁处也。不自失，不失其正也。援而止之而止者，言欲去而可留也。

③隘，狭窄也。不恭，简慢也。夷、惠之行，固皆造乎至极之地，然既有所偏，则不能无弊，故不可由也。

【译文】

孟子说：“伯夷，不是他理想的君主，不去侍奉；不是他理想的朋友，不去结交。不站在坏人的朝廷里，不同坏人说话；站在坏人的朝廷里，同坏人说话，好像是穿着礼服，戴着礼帽坐在泥路上或灰炭上。把这种厌恶坏人坏事的心理推广开来，他的想法是，同乡下人站在一起，如果那人帽子没有戴正，便不高兴地走开，好像自己会染脏似的。所以当时的诸侯君王用好言好语招他去做官，他也不接受，就是因为不屑于与这些人接近。柳下惠却不以侍奉坏君主为耻，不以自己的官小为卑下；入朝做官，不隐瞒自己的才能，但一定按照他的原则办事；不被任用，也不怨恨；穷困潦倒，也不忧愁。所以他说：'你是你，我是我，你纵然赤身裸体在我身旁，怎么能玷污我呢？'所以他很高兴地同别人在一起，并且一点也不失常态。拉住他，叫他留下，他就留下。拉他留他，就留住了他，就是因为用不着离开的缘故。"孟子又说："伯夷的做法太狭隘，柳下惠的做法不严肃。狭隘与不严肃，君子是不这样做的。"

公孙丑下

第一章

【原文】

孟子曰："天时不如地利，地利不如人和。①三里之城，七里之郭，环而攻之而不胜。夫环而攻之，必有得天时者矣，然而不胜者，是天时不如地利也。②城非不高也，池非不深也，兵革非不坚利也，米粟非不多也。委而去之，是地利不如人和也。③故曰：域民不以封疆之界，固国不以山溪之险，威天下不以兵革之利。得道者多助，失道者寡助。寡助之至，亲戚畔之；多助之至，天下顺之。④以天下之所顺，攻亲戚之所畔，故君子有不战，战必胜矣。"⑤

【注释】

①天时，谓时日支干、孤虚、王相之属也。地利，险

坠陷云梁

阻、城池之固也。人和，得民心之和也。

②夫，音扶。三里、七里，城郭之小者。郭，外城。环，围也。言四面攻围，旷日持久，必有值天时之善者。

③革，甲也。粟，谷也。委，弃也。言不得民心，民不为守也。

④域，界限也。

⑤言不战则已，战则必胜。

【译文】

孟子说："得天时不如得地利好，得地利又不及得人和好。譬如这里有座内城三里、外城七里的城邑，敌人包围攻打却无法取胜。敌人既来围攻，一定是拣时择日得天时的了；可是却无法取胜，这正说明得天时不如得地利好。又譬如这里有另一座城邑，它的城墙筑得并不是不高，护城壕挖得并不是不深，士卒们的兵器和盔甲并不是不锐利、坚固，粮食也并不是不多，可是，（当敌人一来进犯，）守兵们竟弃城而逃，这正足以说明得地利又不及得人和好。所以说：限制人民不必靠国家的疆界，巩固国防不必凭山河的险要，威服天下不必恃武力的强大。得到正义的人帮助他的便多，失掉正义的人帮助他的便少。少助到了极点时，连自己的内亲外戚也会背叛他；多助到了极点时，整个天下的人都愿意顺从他。让天下都顺从他的人去攻打连他的内亲外戚也背叛他的人，所以，那些高举正义旗帜的圣君要么不去攻打，一去攻打立即就会获得胜利。"

【原文】

孟子将朝王，王使人来曰："寡人如就见者也，有寒疾，不可以风。朝将视朝，不识可使寡人得见乎？"对曰："不幸而有疾，不能造朝。"①明日出吊于东郭氏，公孙丑曰："昔者辞以病，今日吊，或者不可乎？"曰："昔者疾，今日愈，如之何不吊？"②王使人问疾，医来，孟仲子对曰："昔者有王命，有采薪之忧，不能造朝。今病小愈，趋造于朝，我不识能至否乎？"使数人要于路曰："请必无归而造于朝。"③不得已而之景丑氏宿焉。景子曰："内则父子，外则君臣，人之大伦也。父子主恩，君臣主敬。丑见王之敬子也，未见所以敬王也。"曰："恶！是何言也？齐人无以仁义与王言者，岂以仁义为不美也？其心曰：'是何足与言仁义也'云尔。则不敬莫大乎是。我非尧舜之道，不敢以陈于王前，故齐人莫如我敬王也。"④景子曰："否，非此之谓也。《礼》曰：'父召，无诺。君命召，不俟驾。'固将朝也，闻王命而遂不果，宜与夫礼若不相似然。"⑤曰："岂谓是与？曾子曰：'晋楚之富，不可及也。彼以其富，我以吾仁；彼以其爵，我以吾义，吾何慊乎哉？'夫岂不义而曾子言之？是或一道也。天下有达尊三：爵一，齿一，德一。朝廷莫如爵，乡党莫如齿，辅世长民莫如德。恶得有其一以慢其二哉？⑥故将大有为之君，必有所不召之臣，欲有谋焉则就之。其尊德乐道，不如是不足与有为也。⑦故汤之于伊尹，学焉而后臣之，故不劳而王；桓公之于管仲，学焉而后臣之，故不劳而霸。⑧今天下地丑德齐，莫能相尚，无他，好臣其所教，而不好臣其所受教。⑨汤之于伊尹，桓公之于管仲，则不敢召。管仲且犹不可召，而况不为管仲者乎？"⑩

【注释】

①章内"朝"，并音潮，惟朝将之"朝"如字。造，七到反，下同。王，齐王也。孟子本将朝王，王不知而托疾以召孟子，故孟子亦以疾辞也。

②东郭氏，齐大夫家也。昔者，昨日也。或者，疑辞。辞疾而出吊，与孔子不见孺悲，取瑟而歌同意。

③要，阴平。孟仲子，赵氏以为孟子之从昆弟学于孟子者也。采薪之忧，言病不能采薪，谦辞也。仲子权辞以对，又使人要孟子令勿归而造朝，以实己言。

④恶，阴平，下同。景丑氏，齐大夫家也。景子，景丑也。恶，叹辞也。景丑所言，敬之小者也；孟子所言，敬之大者也。

⑤夫，音扶，下同。《礼》曰："父命呼，唯而不诺。"又曰："君命召，在官不俟屦，在外不俟车。"言孟子本欲朝王，而闻命中止，似与此礼之意不同也。

⑥与，阴平。慊，口簟反。长，上声。慊，恨也，不满足，少也。或作"嗛"，字书以为口衔物也。然则慊亦但为心有所衔之义，其为快、为足、为恨、为少，则因其事而所衔有不同耳。孟子言我之意，非如景子之所言者，因引曾子之言，而夫此岂是不义。而曾子肯以为言，是或别有一种道理也。达，通也。盖通天下之所尊，有此三者。曾子之说，盖以德言之也。今齐王但有爵耳，安得以此慢于齿德乎？

⑦乐，音洛。大有为之君，大有作为，非常之君也。程子曰：
"古之人所以必待人君致敬尽礼而后往者，非欲自为尊大也，
为是故耳。"

⑧先从受学，师之也；后以为臣，任之也。

⑨好，去声。闵，类也。尚，过也。所教，谓听从于己，
可役使者也。所受教，谓己之所从学者也。

⑩不为管仲，孟子自谓也。

【译文】

孟子准备去朝见齐王，正巧齐王派人前来说："我本当
来拜访你，但因患感冒，不能吹风。如你肯来朝见，我便临
朝办公，不知能否让我见到你？"

孟子回答说："不巧我也有病，不能到朝廷。"

第二天，孟子到东郭大夫家吊丧。公孙丑说："昨天托
词有病，今天却去吊丧，恐怕不太妥当吧？"

孟子说："昨天有病，今天痊愈了，为什么不可前去吊
丧呢？"

齐王派人来探问病情，并有医生同来。

孟仲子回答说："昨天大王有命令来，他因身体有病，
不能上朝廷。今天病情好了一些，已经上朝廷去了，我不知
道他能不能到达。"

接着孟仲子立即派几个人分头到路口拦截孟子，说："请
一定不要回家，赶快上朝廷去！"

孟子没有办法，只好前往景丑氏家中歇息。景子说：
"家庭内有父子，家庭外有君臣，这是人与人之间最重要的

关系。父子之间以慈恩为本，君臣之间以恭敬为本。我只看见大王对您尊敬，却没有看见您是如何尊敬大王的。"

孟子说："嘿！这是什么话！齐国人中，没有以仁义向大王进言的，哪里是认为仁义不美好呢？他们的心中只是以为'他哪里配和我们谈仁义呢？'如此而已。不尊敬，没有比这更严重的了。不是尧舜之道，我不敢在君王面前陈说，所以齐国人没有比我更尊敬君王的了。"

景子说："不，我讲的不是这个意思。《礼经》上说：'父亲召唤，答应的同时就起身；君主召唤，不等车马驾好就动身。'您本来准备去朝见的，听到大王的命令反而不去了，似乎与礼书上讲的不相符吧！"

孟子说："难道你真的这样看吗？曾子说过：'晋国楚国的富裕，是不能赶上的。他有他的富，我有我的仁；他有他的爵位，我有我的义，我比他缺少什么呢？'这些话如果没有道理，曾子岂会讲呢？里面恐怕有一定道理吧！天下有三样尊贵的东西：爵位是一样，年岁是一样，道德是一样。朝廷中首要的是爵位，乡邻中首要的是年岁，辅佐君主治理民众首要的是道德。哪能因拥有其中的一样而轻慢另外两样呢？所以，将要大有作为的君主，一定有他所不能召唤的臣子。想要商量什么事，就亲自去拜访臣子。尊重德行，乐施仁政，不如此便不值得跟他一道有所作为。所以成汤对于伊尹，先向他学习再以他为臣子，就能不费力而统一天下；齐桓公对于管仲，先向他学习再以他为臣子，就能不费力而称霸诸侯。现在，天下各国大小相等，风气不相上下，彼此间谁也压不住谁。没有别的原因，只是因为他们总喜欢以听话的人为臣子，而不喜欢以能教导自己的人为臣子。成汤对于伊尹，齐桓公对于管仲，就不敢召唤。管仲尚且不可召唤，更何况不屑于做管仲的那一类人呢？"

第二章

【原文】

陈臻问曰："前日于齐，王馈兼金一百而不受；于宋，馈七十镒而受；于薛，馈五十镒而受。前日之不受是，则今日之受非也；今日之受是，则前日之不受非也：夫子必居一于此矣。"[1]孟子曰："皆是也。皆适于义也。当在宋也，予将有远行，行者必以赆，辞曰'馈赆'，予何为不受？[2]当在薛也，予有戒心，辞曰：'闻戒'，故为兵馈之，予何为不受？[3]若于齐，则未有处也。无处而馈之，是货之也。焉有君子而可以货取乎？"[4]

【注释】

①陈臻，孟子弟子。兼金，好金也，其价兼倍于常者。一百，百镒也。

②赆，徐刃反。赆，送行者之礼也。

③为兵之"为"，去声。时人有欲害孟子者，孟子设兵以戒备之。薛君以金馈孟子为兵备，辞曰："闻子之有戒心也。"

④焉，于虔反。无远行戒心之事，是未有所处也。取，犹致也。尹氏曰："言君子之辞受取予，唯当于理而已。"

【译文】

陈臻问孟子说："以前在齐国，齐王送给您上等金一百镒，您不接受；在宋国，宋君送了七十镒，您接受了；在薛，薛君送了五十镒，您也接受了。如果说，以前不接受是对的，那么现在接受就是不对的；如果现在接受是对的，那么以前不接受就是不对的。在二者之中老师必定有一个是不对的。"

孟子说："二者都是对的。都符合道理。在宋国的时候，我准备到远处去，远行的人必定要有路费，宋君说：'送上一些路费。'我为什么不接受呢？在薛的时候，（听说路上有危险，）我有戒备之心，薛王说：'听说您需要戒备，所以送一点买兵器的钱。'我为什么不接受呢？至于在齐国，就没有什么理由。没有什么理由而赠送钱，这就是贿赂。哪有君子可以接受贿赂的道理呢？"

第三章

【原文】

孟子之平陆，谓其大夫曰："子之持戟之士，一日而三失伍，则去之否乎？"曰："不待三。"① "然则子之失伍也亦多矣。凶年饥岁，子之民，老赢转于沟壑，壮者散而之四方者，几千人矣。”曰：“此非距心之所得为也。”②曰：“今有受人之牛羊而为之牧之者，则必为之求牧与刍矣。求牧与刍而不得，则反诸其人乎？抑亦立而视其死与？”曰：“此则距心之罪也。”③他日见于王，曰：“王之为都者，臣知五人焉。知其罪者，惟孔距心，为王诵之。”王曰：“此则寡人之罪也。”④

【注释】

①去，去声意除去。四声，除去平陆，齐下邑也。大夫，邑宰也。戟，有枝兵也。士，战士也。伍，行列也。去之，杀之也。

②几，上声。子之失伍，言其失职，犹士之失伍也。距心，大夫名。对言此乃王之失政使然，非我所得专为也。

③为，去声。死与之“与”，阴平。牧之，养之也。牧，牧地也，刍，草也。孟子言若不得自专，何不致其事而去。

④见，音现。为王之“为”，去声。为都，治邑也，邑有先君之庙曰都。孔，大夫姓也。为王诵其语，欲以风晓王也。

【译文】

孟子到平陆，对平陆的长官孔距心说：“你的守卫战士，一天之中三次失职脱离岗位，你是否要开除他呢？”

孔距心说：“用不着等到三次便开除他。”

孟子说：“那么，你的失职之处也很多。灾荒饥馑之年，你的人民百姓，老弱的转死于沟壑之中、青壮年流散到四方

650

听天安命

的，将近有一千人。”

孔距心说：“（由于有灾害），这不是我的力量所能做到的。”

孟子说：“假如现在有一个接受别人的牛羊而为别人放牧的人，那么他必须为这群牛羊寻找牧场与草料。如果寻找不到牧场与草料，是将牛羊归还给它的原主呢，还是站在那里看着牛羊一只只死掉？”

孔距心说：“如此说来，这就是我的错了。”

过了些时候，孟子见到齐王，说：“在齐国境内的都邑长官，我认识五位。能够认识自己过错的，只有孔距心一人。”于是把那件事复述了一遍。

齐王说：“这样说来，这是我的错误啊。”

第四章

【原文】

孟子谓蚳蛙曰：“子之辞灵丘而请士师，似也，为其可以言也。今既数月矣，未可以言与？”[1]蚳蛙谏于王而不用，致为臣而去。[2]齐人曰：“所以为蚳蛙则善矣；所以自为，则吾不知也。”[3]公都子以告。[4]曰：“吾闻之也：有官守者，不得其职则去；有言责者，不得其言则去。我无官守，我无言责也。则吾进退岂不绰绰然有余裕哉？”[5]

652

【注释】

①蚳，音迟。蛙，乌花反。为，去声。与，阴平。蚳蛙，齐大夫也。灵丘，齐下邑。似也，言所为近似有理。可以言，谓士师近王，得以谏刑罚之不中者。

②致，犹还也。

③为，去声。讥孟子道不行而不能去也。

④公都子，孟子弟子也。

⑤官守，以官为守者。言责，以言为责者。绰绰，宽貌。裕，宽意也。孟子居宾师之位，未尝受禄，故其进退之际，宽裕如此。

【译文】

孟子对蚳蛙说："你辞去灵丘邑宰职位而去当士师，似乎做得很对，因为可以向王进谏。现在〔您任新职〕已有好几个月，还不能进言吗？"

蚳蛙向王进谏而不被采纳，便辞职而去。齐国便有人说："〔孟子〕为蚳蛙出的主意挺不错，〔但蚳蛙〕自己的打算，我可不知道。"

公都子把情况转告了孟子。

〔孟子〕说："我曾听说过：有官职的人，〔如〕不能尽其职责便可辞去；有进言责任的人，〔如〕进谏无效便可辞去。我既没有官职，又没有进谏之责，那么，我的行动进退，岂不是从容自如大有活动的余地吗？"

第五章

【原文】

孟子为卿于齐，出吊于滕，王使盖大夫王驩为辅行。王驩朝暮见，反齐滕之路，未尝与之言行事也。[1]公孙丑曰："齐卿之位，不为小矣；齐滕之路，不为近矣。反之而未尝与言行事，何也？"曰："夫既或治之，予何言哉？"[2]

【注释】

[1]盖，古盍反。见，音现。盖，齐下邑也。王驩，王嬖臣也。辅行，副使也。反，往而还也。行事，使事也。

[2]夫，音扶。王驩盖摄卿以行，故曰齐卿。夫既或治之，言有司已治之矣。孟子之待小人，不恶而严如此。

【译文】

孟子在齐国当卿相，奉命去滕国吊丧。齐王派邑大夫王驩为副使同往。王驩跟孟子从早到晚在一起，往返于齐、滕两国途中，孟子不曾跟他交谈过公事。

公孙丑说："齐卿的官位，可不算小，齐、滕之间的路程，也不算近；但往还途中未曾跟他谈过公事，这是为什么？"

孟子说："有关的事他一个人擅自包办了，我还有什么话可说呢？"

第六章

【原文】

孟子自齐葬于鲁，反于齐，止于嬴。充虞请曰："前日不知虞之不肖，使虞敦匠事，严，虞不敢请。今愿窃有请也：木若以美然。"①曰："古者棺椁无度，中古棺七寸，椁称之。自天子达于庶人，非直为观美也，然后尽于人心。②不得，不可以为悦；无财，不可以为悦。得之为有财，古之人皆用之，吾何为独不然？③且比化者，无使土亲肤，于人心独无恔乎？④吾闻之也，君子不以天下俭其亲。"⑤

【注释】

①孟子仕于齐，丧母，归葬于鲁。嬴，齐南邑。充虞，孟子弟子，尝董治作棺之事者也。严，急也。木，棺木也。以、已通。以美，太美也。

②称，去声。度，厚薄尺寸也。中古，周公制礼时也。椁称之，与棺相称也。欲其坚厚久远，非特为人观视之美而已。

③不得，谓法制所不当得。得之为有财，言得之而又为有财也，或曰"为"当作"而"。

④比，必二反。恔，音效。比，犹为也。化者，死者

也。恔，快也。言为死者不使土亲近其肌肤，于人子之心，岂不快然无所恨乎？

⑤送终之礼，所当得为而不自尽，是为天下爱惜此物，而薄于吾亲也。

【译文】

孟子从齐国到鲁国埋葬母亲，又返回齐国，在嬴县停留。

充虞请问说："以前承蒙您不嫌弃我，让我经管棺椁的事。当时很匆忙，我不敢请教。现在私下想请教，棺木似乎太美了些。"

孟子回答："上古时代，内棺外椁没有固定标准。到了中古，规定内棺厚7寸，外椁厚度同它相称。上自天子下至平民百姓，都是如此。并不仅仅是为了外观好看，而是只有这样才算尽了孝心。不能用上等木材，当然会不高兴；没有财力办到，也会不高兴。既有用上等木料的地位，又有这样的财力，古代的人都这样做了，为什么唯独我不能这样做？而且，为了不使死者的尸体和泥土挨在一起，这对孝子来说不是可以没有遗憾吗？我曾听说过，君子不因为天下爱惜财物而节省父母的送葬费用。"

第七章

【原文】

　　沈同以其私问曰："燕可伐与？"孟子曰："可。子哙不得与人燕，子之不得受燕于子哙。有仕于此，而子悦之，不告于王而私与之吾子之禄爵；夫士也，亦无王命而私受之于子：则可乎？何以异于是？"①齐人伐燕。或问曰："劝齐伐燕，有诸？"曰："未也。沈同问'燕可伐与？'吾应之曰：'可，'彼然而伐之也。彼如曰：'孰可以伐之？'则将应之曰：'为天吏，则可以伐之。'今有杀人者，或问之曰：'人可杀与？'则将应之曰：'可。'彼如曰：'孰可以杀之？'则将应之曰：'为士师，则可以杀之。'今以燕伐燕，何为劝之哉？"②

【注释】

　　①伐与之"与"，平声，下"伐与""杀与"同。夫，音扶。沈同，齐臣。以私问，非王命也。子哙、子之，事见前篇。诸侯士地人民，受之天子，传之先君，私以与人，则与者、受者皆有罪也。仕，为官也。士，即从仕之人也。

　　②天吏，解见上篇。言齐无道，与燕无异，如以燕伐燕也。《史记》亦谓孟子劝齐伐燕，盖传闻此说之误。

专诸进炙刺王僚

【译文】

沈同以私人身份问孟子说："燕国可以攻打吗？"

孟子回答："可以。子哙不应该把燕国交给别人，子之也不能从子哙手中接受燕国。假如有个人在这里做官，你喜欢他，而瞒着君王把你的俸禄爵位私自让给他，而这个人，也没有君王的命令而私自接受你的俸禄爵位，这样可以吗？燕国的情况同这有什么区别？"

齐国军队果真去攻打燕国。有人问孟子说："您劝齐国攻打燕国，有这一回事吗？"

孟子回答："没有。沈同问我'燕国可以攻打吗'，我回答他说'可以'，他们就这样去攻打燕国了。他如果问：'谁可以攻打燕国？'我便会回答他说：'只有天吏，才可以攻打它。'就比如有个杀人犯，有人问我：'这杀人犯应该处死吗？'我将回答他：'应该处死。'他如再问：'谁可以处死他？'我将回答他：'只有士师，才可以处死他。'现在以一个同燕国一样应该攻打的国家去攻打燕国，我为什么要劝他呢？"

第八章

【原文】

燕人畔。王曰："吾甚惭于孟子。"①陈贾曰："王无患焉。

王自以为与周公孰仁且智？”王曰：“恶！是何言也？”曰：“周公使管叔临殷，管叔以殷畔。知而使之，是不仁也；不知而使之，是不智也。仁、智，周公未之尽也，而况于王乎？贾请见而解之。”②见孟子，问曰：“周公何人也？”曰：“古圣人也。”曰：“使管叔监殷，管叔以殷畔也。有诸？”曰：“然。”曰：“周公知其将畔而使之与？”曰：“不知也。”

“然则圣人且有过与？”曰：“周公弟也，管叔兄也。周公之过，不亦宜乎？③且古之君子，过则改之；今之君子，过则顺之。古之君子，其过也，如日月之食，民皆见之，及其更也，民皆仰之；今之君子，岂徒顺之？又从为之辞。”④

【注释】

①齐破燕后二年，燕人共立太子平为王。

②恶、监，皆平声。陈贾，齐大夫也。管叔，名鲜，武王弟，周公兄也。武王胜商杀纣，立纣子武庚，而使管叔与弟蔡叔、霍叔监其国。武王崩，成王幼，周公摄政，管叔与武庚畔，周公讨而诛之。

③与，平声。言周公乃管叔之弟，管叔乃周公之兄，然则周公不知管叔之将畔而使之，其过有所不免矣。

④更，平声。顺，犹遂也。更，改也。辞，辩也。更之则无损于明，故民仰之。顺而为之辞，则其过愈深矣。责贾不能勉其君以迁善改过，而教之以遂非文过也。

【译文】

燕国人起而抗齐。齐王说道：“（孟子对我建议了那么多好方法，现在这种局面，使）我感到面对孟子应当很惭愧呵！”

陈贾劝道：“大王您不要在这件事情上难过了。您自己掂量掂量，和周公相比，谁在仁和智方面强一些呢？”

齐王说：“咄，这是什么话！”

陈贾说道：“周公任命管叔去治理殷，管叔却率领殷地的人起来造反。这种结果，若周公早有预见却仍然派遣管叔去殷地，那就是周公不仁；如果周公始料不及，没想到后果就派管叔去殷地执政，那就是周公不明智，不善察人。仁和智，周公那样的圣人都没有尽善尽美地做到，何况大王您呢？我请求去见孟子把这事儿解释清楚。”

陈贾见了孟子以后，问道：“周公是什么人呀？”

孟子回答说：“是古代的大圣人。”

陈贾又说：“派遣管叔去殷地执政，管叔却鼓动殷人起来造反，周公做过这件事吗？”

孟子回答说：“做过的。”

陈贾接着追问：“周公预先就知道管叔将会谋反，而派遣他去殷地的吗？”

孟子回答说：“他事先并没有预见到。”

陈贾于是说：“那么圣人也会犯错误喽？”

孟子回答说：“周公是弟弟，管叔是哥哥，（难道弟弟还会怀疑同胞兄长谋反吗？）周公所犯的错误，也是人之常情，不足为怪。而且，古代的圣人君子，有了缺点错误就会立即改正；但现在的某些所谓君子呢，有了错误竟将错就错，不思悔改。古代的君子，他的过错就好像日蚀、月蚀一样，人民

群众都看得一清二楚；一旦他改正，老百姓都抬起脑袋高兴
而敬重地望着他。现在有些所谓君子，哪里仅仅是将错就错
而已，甚至还要编造一套五花八门的理由和借口来为自己
辩护。"

第九章

【原文】

　　孟子致为臣而归，①王就见孟子曰："前日愿见而不可
得，得侍同朝甚喜；今又弃寡人而归，不识可以继此而得见
乎？"对曰："不敢请耳，固所愿也。"②他日，王谓时子曰：
"我欲中国而授孟子室，养弟子以万钟。使诸大夫国人，皆
有所矜式。子盍为我言之！"③时子因陈子而以告孟子，陈
子以时子之言告孟子。④孟子曰："然。夫时子恶知其不可也？
如使予欲富，辞十万而受万，是为欲富乎？⑤季孙曰：'异
哉子叔疑！使己为政，不用则亦已矣，又使其子弟为卿。人
亦孰不欲富贵？而独于富贵之中，有私龙断焉。'⑥古之为
市也，以其所有，易其所无者，有司者治之耳。有贱丈夫焉，
必求龙断而登之，以左右望而罔市利，人皆以为贱，故从而
征之。征商，自此贱丈夫始矣。"⑦

【注释】

　　①孟子久于齐而道不行，故去也。

②朝，音潮。

③为，去声。时子，齐臣也。中国，当国之中也。万钟，谷禄之数也。钟，量名，受六斛四斗。矜，敬也。式，法也。盍，何不也。

④陈子，即陈臻也。

⑤夫，音扶。恶，阴平。孟子既以道不行而去，则其义不可以复留，而时子不知，则又有难显言者。故但言设使我欲富，则我前日为卿，尝辞十万之禄，今乃受此万钟之馈，是我虽欲富，亦不为此也。

⑥龙，音垄。此孟子引季孙之语也。季孙、子叔疑，不知何时人。龙断，冈垄之断而高也，义见下文。盖子叔疑者，尝不用而使其子弟为卿，季孙讥其既不得于此，而又欲求得于彼，如下文贱丈夫登龙断者之所为也。孟子引此以明道既不行，复受其禄，则无以异此矣。

⑦孟子释龙断之说如此。治之，谓治其争讼。左右望者，欲得此而又取彼也。罔，谓罔罗取之也。从而征之，谓人恶其专利，故就征其税，后世缘此遂征商人也。

【译文】

孟子辞去齐国卿位决定回乡。齐宣王主动去看他，说："过去想见您而没有机会，后来有机会一起做事情，我非常高兴。现在您却要弃我而去，不知以后还能见上面吗？"

孟子说："只是我不敢提出来罢了，这本是我很希望的。"

过了几天，齐宣王对时子说："我想在都城送给孟子一套房子，每年给他一万钟俸禄，让我们国家的官员和民众能有个效法的榜样，你为什么不替我转达给孟子呢？”时子通过孟子的学生陈臻把这话传给孟子，陈臻把时子的话原原本本地告诉了孟子。

孟子说：“唉。时子怎么明白这不行呢？如果我想富的话，怎么会推辞十万俸禄而去接受一万钟的俸禄，我难道是想富贵么？季孙说：‘子叔疑太奇怪！自己执政，退职后又让他的子弟做卿大夫。哪个人不想富贵呢？他却想让自己家族垄断富贵的机会。’上古设立市场，是用自己所有的，换自己没有的，市场的管理员只是管理市场秩序。有道德卑下的男人，一定要选高处，站在高处左右张望，哪里能赚钱就到哪里。人们都认为这人道德卑下，所以开始征税。向商人征税就从这道德卑下的男人开始。”

第十章

【原文】

孟子去齐，宿于昼。①有欲为王留行者，坐而言。不应，隐几而卧。②客不悦，曰：“弟子齐宿而后敢言，夫子卧而不听，请勿复敢见矣。”曰：“坐。我明语子：昔者鲁缪公无人乎子思之侧，则不能安子思；泄柳、申详，无人乎缪公之侧，则不能安其身。③子为长者虑，而不及子思，子绝长者乎？长者绝子乎？”④

　　孟子去齐，尹士语人曰："不识王之不可以为汤、武，则是不明也；识其不可，然且至，则是干泽也。千里而见王，不遇故去，三宿而后出昼，是何濡滞也？士则兹不悦。"⑤高子以告。⑥曰："夫尹士恶知予哉？千里而见王，是予所欲也；不遇故去，岂予所欲哉？予不得已也。⑦予三宿而出昼，于予心犹以为速。王庶几改之。王如改诸，则必反予。⑧夫出昼而王不予追也，予然后浩然有归志。予虽然，岂舍王哉？王由足用为善。王如用予，则岂徒齐民安？天下之民举安。王庶几改之，予日望之。⑨予岂若是小丈夫然哉？谏于其君而不受，则怒，悻悻然见于其面。去则穷日之力而后宿哉？"⑩尹士闻之，曰："士诚小人也。"

【注释】

　　①昼，如字。或曰，当作"画"，音获。下同。昼，齐西南近邑也。

　　②为，去声。下同。隐，于靳反。隐，凭也。客坐而言，孟子不应而卧也。

　　③齐，侧皆反。复，扶又反。语，去声。齐宿，齐戒越宿也。缪公尊礼子思，常使人候伺，道达诚意于其侧，乃能安而留之也。泄柳，鲁人；申详，子张之子也。缪公尊之不如子思，然二子义不苟容，非有贤者在其君之左右，维持调护之，则亦不能安其身矣。

　　④长，上声。长者，孟子自称也。言齐王不使子来，而子自欲为王留我，是所以为我谋者，不及缪公留子思之事，而先绝我也。我之卧而不应，岂为先绝子乎？

苏武牧羊图

⑤语，去声。尹士，齐人也。干，求也。泽，恩泽也。濡滞，迟留也。

⑥高子，亦齐人，孟子弟子也。

⑦夫，音扶，下同。恶，阴平。见王，欲以行道也。今道不行，故不得已而去，非本欲如此也。

⑧所改，必指一事而言，然今不可考矣。

⑨浩然，如水之流不可止也。杨氏曰："齐王天资朴实，如好勇、好货、好色、好世俗之乐，皆以直告而不隐于孟子，故足以为善。若乃其心不然，而谬为大言以欺人，是人终不可与入尧舜之道矣，何善之能为？"

⑩悻，形顶反。见，音现。悻悻，怒意也。穷，尽也。

【译文】

孟子离开齐国，在昼邑过夜。有个人想为齐王挽留孟子，恭敬地跪坐着劝说，孟子不理睬，斜靠着几憩息。那说客不高兴地说："弟子提前一天进行斋戒才敢来劝说您，先生倒躺着不听，恕我以后再也不敢和您相见了。"

孟子说："坐下，我明白地告诉你吧。过去，鲁穆公如果没有遣人常在子思身边伺候致意，就不能使子思安心；泄柳、申详如果没有使贤人常在鲁穆公身边维护，自己就不能安心。你替我这位老人打算，却比不上鲁穆公对待子思，到底是你与我这老年人决绝呢，还是我这老年人与你决绝？"

孟子离开齐国，尹士对人说："不知道齐王成不了汤武那样的圣君，就是不明智；知道他不行却仍来齐，就是贪图富贵。不远千里来与齐王相见，得不到赏识因而离去，在昼

邑住了三天才动身上路，为什么行动这样迟缓呢？我对这种
做法不以为然。"高子把这话告诉了孟子。

孟子说："这尹士怎么能了解我呢？不远千里来见齐王
是我的愿望，不投机故而离去难道是我所希望的吗？我是不
得已呀！我在昼住了三天才动身上路，在我心里还觉得太仓
促，齐王说不定会改变主意。齐王如果改变主意必定要召我
返回，离开了昼邑而齐王并未追召我返回，我才断然决定返
回故乡。我尽管这样做，难道是愿意舍弃齐王吗？齐王还是
有办好政事的条件的，他若任用我，那么就不只能使齐人安
居乐业，天下人也都能安居乐业。齐王也许会改变主意，我
天天都这样盼望。我难道会像那些心胸狭窄的人一样吗？向
君主进谏而不被接受就怒形于色，辞官离职了就要尽力地走
上一天才肯歇宿吗？"

尹士听说这些后说："我真是小人啊。"

第十一章

【原文】

孟子去齐。充虞路问曰："夫子若有不豫色然。前日虞
闻诸夫子曰：'君子不怨天，不尤人。'"①曰："彼一时，此一
时也。②五百年必有王者兴，其间必有名世者。③由周而来，七
百有余岁矣。以其数则过矣；以其时考之，则可矣。④夫天未
欲平治天下也；如欲平治天下，当今之世，舍我其谁也？吾

假道伐虢图

何为不豫哉？”⑤

【注释】

①路问，于路中间也。豫，悦也。尤，过也。此二句，实孔子之言，盖孟子尝称之以教人耳。

②彼，前日。此，今日。

③自尧、舜至汤，自汤至文、武，皆五百余年而圣人出。名世，谓其人德业闻望，可名于一世者，为之辅佐。若皋陶、稷、契、伊尹、莱朱、太公望、散宜生之属。

④周，谓文、武之间。数，谓五百年之期。时，谓乱极思治，可以有为之日。于是而不得一有所为，此孟子所以不能无不豫也。

⑤夫，音扶。舍，上声。言当此之时，而使我不遇于齐，是天未欲平治天下也。然天意未可知，而其具又在我，我何为不豫哉？然则孟子虽若有不豫然者，而实未尝不豫也。盖圣贤忧世之志、乐天之诚，有并行而不悖者，于此见矣。

【译文】

孟子离开齐国，在路上，充虞问道：“您的脸色看上去不太高兴似的。可以前我听您讲过，‘君子不抱怨天，不责怪人。’”孟子说：“那是一个时候，现在又是一个时候，〔情况不同了。从历史上看来，〕每过五百年一定有位圣君兴起，这期间还会有命世之才脱颖而出。从周武王以来，到现在已经七百多年了。论年数，已过了五百；论时势，也该是圣君

贤臣出来的时候了。上苍大概不想让天下太平了吧；如果要让天下太平，当今这个时代，除了我，又有谁呢！我为什么不高兴呢？"

第十二章

【原文】

孟子去齐，居休。公孙丑问曰："仕而不受禄，古之道乎？"①曰："非也。于崇，吾得见王，退而有去志，不欲变，故不受也。②继而有师命，不可以请。久于齐，非我志也。"

【注释】

①休，地名。

②崇，亦地名。孟子始见齐王，必有所不合，故有去志。变，谓变其去志。

【译文】

孟子离开齐国，居于休地。公孙丑问道："做官却不受俸禄，合乎古道吗？"孟子说："不。在崇，我见到了齐王，回来便有离开的意思；不想改变，所以不接受俸禄。不久，齐国有战事，不可以申请离开。然而长久地淹留在齐国，并不是我的心愿。"

滕文公上

第一章

【原文】

滕文公为世子，将之楚，过宋而见孟子。[1]孟子道性善，言必称尧、舜。[2]世子自楚反，复见孟子。孟子曰："世子疑吾言乎？夫道一而已矣。[3]成覸谓齐景公曰：'彼丈夫也，我丈夫也，吾何畏彼哉？'颜渊曰：'舜何人也？予何人也？有为者亦若是。'公明仪曰：'文王我师也。'周公岂欺我哉？'[4]今滕，绝长补短，将五十里也，犹可以为善国。《书》曰：'若药不瞑眩，厥疾不瘳。'"[5]

【注释】

①世子，太子也。

②道，言也。性者，人所禀于天以生之理也。浑然至

善，未尝有恶，人与尧、舜初无少异。但众人汨于私欲而失之，尧，舜则无私欲之蔽，而能充其性尔。故孟子与世子言，每道性善而必称尧、舜以实之。欲其知仁义不假外求，圣人可学而至，而不懈于用力也。门人不能悉记其辞，而撮其大旨如此。

③复，扶又反。夫，音扶。时人不知性之本善，而以圣贤为不可企及，故世子于孟子之言不能无疑，而复来求见，盖恐别有卑近易行之说也。孟子知之，故但告之如此，以明古今圣愚，本同一性，前言已尽，无复有他说也。

④觑，古苋反。成觑，人姓名。彼，谓圣贤也。有为者亦若是，言人能有为，则皆如舜也。公明，姓。仪，名，鲁贤人也。文王我师也，盖周公之言，公明仪亦以文王为必可师，故诵周公之言，而叹其不我欺也。孟子既告世子以道无二致，而复引此三言以明之，欲世子笃信力行，以师圣贤，不当复求他说也。

⑤暝，莫甸反。眩，音县。绝，犹截也。书，《商书·说命》篇。暝眩，愦乱。言滕国虽小，犹足为治，但恐安于卑近，不能自克，则不足以去恶而为善也。

【译文】

滕文公做太子时，将要出使到楚国去，路过宋国，便特地去看望孟子。孟子跟他讲了人性善的观点，开口不离尧舜。

太子从楚国回来时，又会见了孟子。孟子说："太子怀疑我的话吗？道理只有一个罢了。成觑对齐景公说：'他是

男子汉大丈夫，我也是男子汉大丈夫，我干吗要怕他呢？'
颜渊说过：'舜是什么样的人呢？我是什么样的人呢？有作
为的人也应该像他一样。'公明仪曾经说：'文王是我的老师，
周公难道会骗我吗？'现在滕国（虽小），假使将土地截长
补短（进行丈量），也将有五十里见方大，还是可以建设成
一个好国家。《书》说：'如果一种药服了后不使人产生头
晕目眩的感觉，那个病是不会好的。'"

第二章

【原文】

　　滕定公薨，世子谓然友曰："昔者孟子尝与我言于宋，
于心终不忘。今也不幸至于大故，吾欲使子问于孟子，然后
行事。"①然友之邹，问于孟子。

　　孟子曰："不亦善乎！亲丧固所自尽也。曾子曰：'生，
事之以礼；死，葬之以礼，祭之以礼：可谓孝矣。'诸侯之
礼，吾未之学也。虽然，吾尝闻之矣：三年之丧，齐疏之服，
饘粥之食，自天子达于庶人，三代共之。"②然友反命，定
为三年之丧。父兄百官皆不欲，曰："吾宗国鲁先君莫之行，
吾先君亦莫之行也。至于子之身而反之，不可。且《志》曰：
'丧祭从先祖。'"曰："吾有所受之也。"③谓然友曰："吾
他日未尝学问，好驰马试剑。今也父兄百官不我足也，恐其
不能尽于大事，子为我问孟子。"

　　然友复之邹问孟子。孟子曰："然。不可以他求者也。孔子曰：'君薨，听于冢宰，歠粥，面深墨。即位而哭，百官有司。莫敢不哀，先之也。'上有好者，下必有甚焉者矣。'君子之德，风也；小人之德，草也。草尚之风必偃。'是在世子。"④然友反命。世子曰："然。是诚在我。"五月居庐，未有命戒。百官族人可，谓曰知。及至葬，四方来观之。颜色之戚，哭泣之哀，吊者大悦。⑤

【注释】

　　①定公，文公父也。然友，世子之傅也。大故，大丧也。事，谓丧礼。

　　②齐，音资。疏，所居反。饪，诸延反。当时诸侯莫能行古丧礼，而文公独能以此为问，故孟子善之。又言父母之丧，固人子之心所自尽者。盖悲哀之情，痛疾之意，非自外至，宜乎文公于此，有所不能自已也。但所引曾子之言，本孔子告樊迟者。岂曾子尝诵之以告其门人欤？三年之丧者，子生三年，然后免于父母之怀，故父母之丧，必以三年也。齐，衣下缝也。不缉曰斩衰，缉之曰齐衰。疏，粗也，粗布也。饪，糜也。丧礼，三日始食粥，既葬乃疏食，此古今贵贱通行之礼也。

　　③父兄，同姓老臣也。滕与鲁俱文王之后，而鲁祖周公为长，兄弟宗之，故滕谓鲁为宗国也。然谓二国不行三年之丧者，乃其后世之失，非周公之法本然也。志，《记》也，引《志》之言而释其意。以为所以如此者，盖为上世以来，有所传受，虽或不同，不可改也。然《志》所言，本谓先王

气言希圣

之世，旧俗所传，礼文小异，而可以通行者耳，不谓后世失礼之甚者也。

④好、为，皆去声。复，扶又反。歠，音淖，川悦反。不我足，谓不以我满足其意也。然者，然其不我足之言。不可他求者，言当责之于己。冢宰，六卿之长也。歠，饮也。深墨，甚黑色也。即，就也。尚，加也，《论语》作"上"，古字通也。偃，伏也。孟子言但在世子自尽其哀而已。

⑤诸侯五月而葬，未葬，居倚庐于中门之外。居丧不言，故未有命令教戒也。可谓曰知，疑有阙误，或曰，皆谓世子之知礼也。

【译文】

滕定公死了，太子对他的师傅然友说："过去我曾在宋国和孟子交谈过，心里一直不曾忘记。今日不幸遭遇父丧，我想请你去向孟子请教，然后再办丧事。"

然友便到邹国，去求教孟子。

孟子说："不是很好吗？父母的丧事，本应该尽心竭力。曾子说：'当他们在世时，要依礼去侍奉；他们去世了，要依礼去安葬，依礼去祭祀，这可以说是尽孝了。'诸侯的礼节，我虽然不曾学习过，但也听说过。实行三年的丧礼，穿着粗布缝边的孝服，吃粥，从天子到百姓，夏、商、周三代都是这样。"

然友回国复命，太子便决定实行三年的丧礼。滕国的父老官吏都不愿意，说："我们的宗国鲁国的历代君主都没有这样实行丧礼，我们历代的祖先也没有实行过，到你这一代

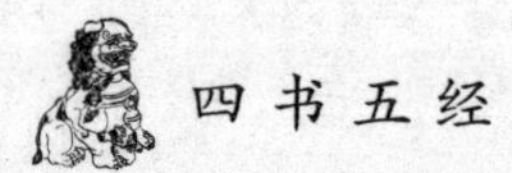

却改变了祖先的做法，这是不行的。而且《志》上说：'丧礼、祭礼一定要依从祖宗的规矩。' 我们的道理是从这一传统继承下来的。"

太子对然友说："我过去没有搞过学问，只喜欢跑马舞剑。现在父老官吏都对我不满意，恐怕我不能尽力把丧礼办好。你再替我去请教孟子。"

然友又到邹国去请教孟子。

孟子说："知道了；这是不能求于别人的。孔子说过：'君主死了，太子把一切事务交给宰相处理，喝着粥，面色深黑，在灵前痛哭流涕，大小官吏没有人敢不悲哀，因为太子亲自带头的缘故。' 居上位的喜好什么，下面的人肯定会更加喜好。君子的德好比风；小人的德好比草，风向哪边吹，草就向哪边倒。这件事完全取决于太子。"

然友回国复命。

太子说："对，这事取决于我。"

于是太子住在丧庐中五个月，不曾颁布过命令和戒令。官吏和同族们都很赞成，认为这样做是知礼。等待举行葬礼的时候，四面八方的人都来观礼，太子容色的悲惨，哭泣的哀痛，使前来吊丧的人都非常满意。

第三章

【原文】

　　滕文公问为国。①孟子曰："民事不可缓也。《诗》云：'昼尔于茅，宵尔索绹。亟其乘屋，其始播百谷。'②民之为道也，有恒产者有恒心，无恒产者无恒心。苟无恒心，放僻邪侈，无不为已。及陷乎罪，然后从而刑之，是罔民也。焉有仁人在位，罔民而可为也？③是故贤君必恭俭礼下，取于民有制。④阳虎曰：'为富不仁矣，为仁不富矣。'⑤夏后氏五十而贡，殷人七十而助，周人百亩而彻，其实皆什一也。彻者，彻也；助者，藉也。⑥龙子曰：治地莫善于助，莫不善于贡。贡者校数岁之中以为常，乐岁粒米狼戾，多取之而不为虐，则寡取之；凶年粪其田而不足，则必取盈焉。为民父母，使民盻盻然，将终岁勤动，不得以养其父母，又称贷而益之，使老稚转乎沟壑，恶在其为民父母也？⑦夫世禄，滕固行之矣。⑧《诗》云：'雨我公田，遂及我私。'惟助为有公田。由此观之，虽周亦助也。⑨设为庠序学校以教之。庠者，养也；校者，教也；序者，射也。夏曰校，殷曰序，周曰庠，学则三代共之，皆所以明人伦也。人伦明于上，小民亲于下。⑩有王者起，必来取法，是为王者师也。⑪《诗》云：'周虽旧邦，其命维新。'文王之谓也。子力行之，亦以新子之国。"⑫

【注释】

①文公以礼聘孟子，故孟子至滕，而文公问之。

②绹，音陶。亟，纪力反。民事，谓农事。诗，《豳风·七月》之篇。于，往取也。绹，绞也。亟，急也。乘，升也。播，布也。言农事至重，人君不可以为缓而忽之。故引《诗》言治屋之急如此者，盖以来春将复始播百谷，而不暇为此也。

③音义并见前篇。

④恭则能以礼接下，俭则能取民以制。

⑤阳虎，阳货，鲁季氏家臣也。天理人欲，不容并立。虎之言此，恐为仁之害于富也。孟子引之，恐为富之害于仁也。君子小人，每相反而已矣。

⑥彻，敕列反。藉，子夜反。此以下，乃言制民常产与其取之之制也。夏时一夫授田五十亩，而每夫计其五亩之入以为贡。商人始为井田之制，以六百三十亩之地，画为九区，区七十亩，中为公田，其外八家各授一区，但借其力以助耕公田，而不复税其私田。周时一夫授田百亩。乡遂用贡法，十夫有沟；都鄙用助法，八家同井。耕则通力而作，收则计亩而分，故谓之彻，其实皆什一者。贡法固以十分之一为常数，惟助法乃是九一，而商制不可考。周制则公田百亩，中以二十亩为庐舍，一夫所耕公亩，实计十亩，通私田百亩，为十一分而取其一，盖又轻于十一矣。窃料商制亦当似此，而以十四亩为庐舍，一夫实耕公田七亩，是亦不过什一也。彻，通也，均也。藉，借也。

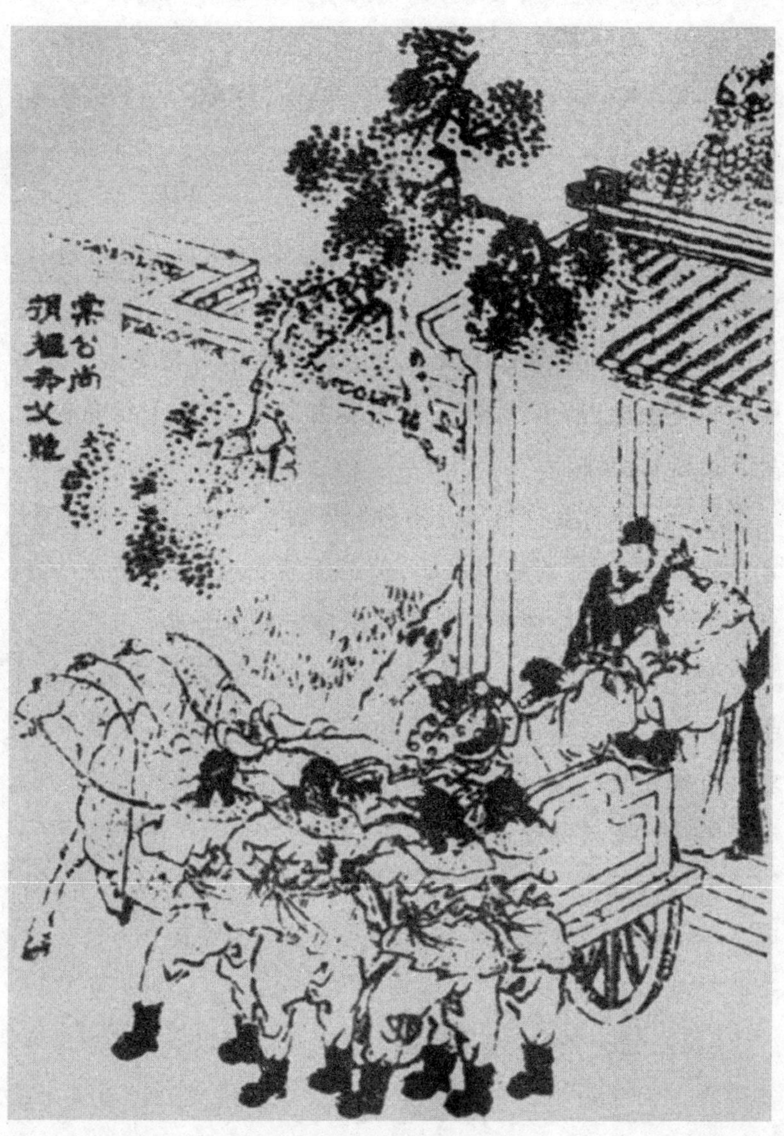

棠公尚捐躯奔父难

⑦乐，音洛。盻，五礼反，从目从兮，或音普觅反者，非。养，去声。恶，平声。龙子，古贤人。狼戾，犹狼藉，言多也。粪，拥也。盈，满也。盻，恨视也。勤动，劳苦也。称，举也。贷，借也。取物于人，而出息以偿之也。益之，以足取盈之数也。稚，幼子也。

⑧夫，音扶。孟子尝言文王治岐，耕者九一，仕者世禄，二者王政之本也。今世禄滕已行之，惟助法未行，故取于民者无制耳。盖世禄者，授之土田，使之食其公田之入，实与助法相为表里。所以使君子、野人各有定业，而上下相安者也。故下文遂言助法。

⑨雨，于付反。诗，《小雅·大田》之篇。雨，降雨也。言愿天雨于公田，而遂及私田，先公而后私也。当时助法尽废，典籍不存，唯有此诗，可见周亦用助，故引之也。

⑩庠以养老为义，校以教民为义，序以习射为义，皆乡学也。学，国学也。共之，无异名也。伦，序也。父子有亲，君臣有义，夫妇有别，长幼有序，朋友有信，此人之大伦也。庠序学校，皆以明此而已。

⑪滕国褊小，虽行仁政，未必能兴王业。然为王者师，则虽不有天下，而其泽亦足以及天下矣。圣贤至公无我之心，于此可见。

⑫诗，《大雅·文王》之篇。言周虽后稷以来，旧为诸侯，其受天命而有天下，则自文王始也。子，指文公，诸侯未逾年之称也。

【译文】

　　滕文公询问治国的事情。

　　孟子说："老百姓的事是刻不容缓的。《诗经》上说：'白天出外割茅草，晚上搓绳长又长，急急忙忙盖屋顶，开春要播各种粮。'百姓的基本情况是，有固定产业的才有安分守己的意念，没有固定产业的就没有安分守己的意念。如果没有安分守己的意念，就放荡不羁，胡作非为，什么事都做得出来。等到他们犯了罪，然后去加以处罚，这是陷害百姓。哪有仁爱的人在位，做出陷害百姓的事来的呢？所以贤明的君主一定办事严谨，节省开支，尊重下属。阳虎说过：'要财富就不能仁爱，要仁爱就发不了财。'

　　"夏代每家土地五十亩，税收实行贡法，殷代每家土地七十亩，税收实行助法，周代每家土地一百亩，税收实行彻法，其税率实际上都是十分之一。彻，是通盘计算后缴纳十分之一的意思，助，是借助民力耕种公田的意思。龙子说过：'管理土地税收的办法，没有比助法更好的，没有比贡法更差的。'贡法，参照几年中的平均数作为标准。丰收年份，粮食堆积，多征收一些不算暴虐，却不多收；灾荒年份，收获量连第二年肥田的费用都不够，却非按标准收满不可。君主号称民众的父母，却使民众一年到头劳苦不堪，不能够赡养自己的父母，还要靠借贷来凑足税额，逼得老人小孩抛尸露骨在山沟之中，这是怎么做民众的父母的呢？大官吏世代承袭的俸禄，滕国早已实行了。《诗经》上说：'雨点落到公田里，同时洒到我私田。'只有实行助法才有公田。

由此看来，就是周代也是实行助法的。

"要兴办庠序学校来教育人们。庠，是培养的意思；校，是教导的意思；序，是习射的意思。地方学校，夏代称作校，殷代称作序，周代称作庠，至于大学，三代都称作学，都是用来阐明人际关系准则的。居上位的人明白了人际关系准则，下面的百姓就会亲密地团结。如果有贤明的君王兴起，一定前来学习效法，这样就可以做贤明君王的老师了。

"《诗经》上说：'岐周虽是旧邦国，接受天命新气象。'这是赞美周文王的诗句。你努力实行吧，也可以使你的国家气象一新。"

【原文】

使毕战问井地。孟子曰："子之君将行仁政，选择而使子，子必勉之。夫仁政，必自经界始。经界不正，井地不均，谷禄不平。是故暴君污吏，必慢其经界。经界既正，分田制禄，可坐而定也。①夫滕壤地褊小。将为君子焉，将为野人焉。无君子莫治野人，无野人莫养君子。②请野九一而助，国中什一使自赋。③卿以下必有圭田，圭田五十亩。④余夫二十五亩。⑤死徙无出乡，乡田同井。出入相友，守望相助，疾病相扶持，则百姓亲睦。⑥方里而井，井九百亩，其中为公田，八家皆私百亩，同养公田。公事毕，然后敢治私事，所以别野人也。⑦此其大略也。若夫润泽之，则在君与子矣。"⑧

【注释】

①夫，音扶。毕战，滕臣。文公因孟子之言而使毕战主为井地之事，故又使之来问其详也。井地，即井田也。经界，谓治地分田，经画其沟涂封植之界也。此法不修，则田无定分，而豪强得以兼并。故井地有不均，赋无定法，而贪暴得以多取，故谷禄有不平。此欲行仁政者之所以必从此始，而暴君污吏则必欲慢而废之也。有以正之，则分田制禄，可不劳而定矣。

②夫，音扶。养，去声。言滕地虽小，然其间亦必有为君子而仕者，亦必有为野人而耕者，是以分田制禄之法不可偏废也。

③此分田制禄之常法，所以治野人使养君子也。野，郊交都鄙之地也。九一而助，为公田而行助法也。国中，郊门之内，乡遂之地也。田不井授，但为沟洫，使什而自赋其一，盖用贡法也，周所谓彻法者盖如此。以此推之，当时非惟助法不行，其贡亦不止什一矣。

④此世禄常制之外，又有圭田，所以厚君子也。圭，洁也，所以奉祭祀也。不言世禄者，滕已行之，但此未备耳。

⑤程子曰："一夫上父母，下妻子，以五口八口为率，受田百亩。如有弟，是余夫也，年十六，别受田二十五亩，俟其壮而有室，然后更受百亩之田。"愚按：此百亩常制之外，又有余夫之田，以厚野人也。

⑥死，谓葬也。徙，谓徙其居也。同井者，八家也。友，犹伴也。守望，防寇盗也。

⑦养，去声。别，彼列反。此详言井田形体之制，乃周之助法也。公田以为君子之禄，而私田野人之所受，先公后私，所以别君子野人之分也。不言君子，据野人而言，省文耳。上言野及国中二法，此独详于治野者。国中贡法，当时已行，但取之过于什一尔。

⑧夫，音扶。井地之法，诸侯皆去其籍，此特其大略而已。润泽，谓因时制宜，使合于人情，宜于土俗，而不失乎先王之意也。

【译文】

滕文公派毕战请教井田制度。

孟子说："你的君主准备实行仁政，特地挑选你来，你一定要努力啊！实行仁政，一定要从划分田界开始。田界划分不正确，井田大小不均匀，作为俸禄的田租收入就不会公平，所以暴虐的君主和贪官污吏必然搞乱正确的田界。田界划分正确了，分配田地，制定俸禄，可不费力地确定下来。

"滕国，土地狭小，可也得有官员，有农夫。没有官员就没人管理农夫，没有农夫就没人养活官员。请考虑在乡村实行九分抽一的助法，城市中实行十分抽一的贡法。卿相以下官员一定有祭祀用的圭田，圭田每家五十亩。多余劳动力，每人土地二十五亩，无论埋葬和搬迁，都不出本乡范围，同一井田的邻居，出入相互友爱，防御盗贼，相互帮助，身患疾病，相互照顾，如此，百姓就亲密和睦了。每方圆一里，划分为一个井田，一个井田九百亩，当中一百亩是公田。八家都各自有私田一百亩，共同耕种公田。公田耕种

完毕，然后再料理私人事务，这就是官员与农夫的差别。这只是一个大致轮廓。如果要调整得更合理些，就在于君主和你了。”

第四章

【原文】

有为神农之言者许行，自楚之滕，踵门而告文公曰：“远方之人，闻君行仁政，愿受一廛而为氓。”文公与之处。其徒数十人，皆衣褐捆屦织席以为食。①陈良之徒陈相与其弟辛，负耒耜而自宋之滕，曰：“闻君行圣人之政，是亦圣人也。愿为圣人氓。”②陈相见许行而大悦，尽弃其学而学焉。陈相见孟子，道许行之言曰：“滕君，则诚贤君也；虽然，未闻道也。贤者与民并耕而食，饔飧而治。今也滕有仓廪府库，则是厉民而以自养也，恶得贤？”③孟子曰：“许子必种粟而后食乎？”曰：“然。”“许子必织布而后衣乎？”曰：“否，许子衣褐。”“许子冠乎？”曰：“冠。”曰：“奚冠？”曰：“冠素。”曰：“自织之与？”曰：“否，以粟易之。”曰：“许子奚为不自织？”曰：“害于耕。”曰：“许子以釜甑爨，以铁耕乎？”曰：“然。自为之与？”曰：“否，以粟易之。”④“以粟易械器者，不为厉陶冶；陶冶亦以其械器易粟者，岂为厉农夫哉？且许子何不为陶冶，舍皆取诸其宫中而用之？何为纷纷然与百工交易？何许子之不惮烦？”曰：“百工之事，固不

楚灵王挟诈灭陈蔡

可耕且为也。"⑤ "然则治天下，独可耕且为与？有大人之事，有小人之事，且一人之身，而百工之所为备，如必自为而后用之，是率天下而路也。故曰：'或劳心，或劳力。劳心者治人，劳力者治于人；治于人者食人，治人者食于人：天下之通义也。'"⑥

【注释】

①衣，去声。捆，音阃。神农，炎帝神农氏始为耒耜，教民稼穑者也。为其言者，史迁所谓农家者流也。许，姓；行，名也。踵门，足至门也。仁政，上章所言井地之法也。廛，民所居也。氓，野人之称。褐，毛布，贱者之服也。捆，叩椓之欲其坚也。以为食，卖以供食也。程子曰："许行所谓神农之言，乃后世称述上古之事，失其义理者耳，犹阴阳、医、方称黄帝之说也。"

②陈良，楚之儒者。耜，所以起土，耒，其柄也。

③饔，音雍。飧，音孙。恶，阴平。饔飧，熟食也。朝曰饔，夕曰飧。言当自炊爨以为食，而兼治民事也。厉，病也。许行此言，盖欲阴坏孟子分别君子野人之法。

④衣，去声。与，阴平。釜，所以煮。甑，所以炊。爨，然火也。铁，耜属也。此语八反，皆孟子问而陈相对也。

⑤舍，去声。此孟子言而陈相对也。械器，釜甑之属也。陶，为甑者。冶，为釜铁者。舍，止也，或读属上句。舍，谓作陶冶之处也。

⑥与，阴平。食，音嗣。此以下，皆孟子言也。路，谓

奔走道路，无时休息也。治于人者，见治于人也。食人者，出赋税以给公上也。食于人者，见食于人也。此四句皆古语，而孟子引之也。君子无小人则饥，小人无君子则乱。以此相易，正犹农夫陶治以粟与械器相易，乃所以相济，而非所以相病也。治天下者，岂必耕且为哉？

【译文】

有一个奉行神农氏学说、名叫许行的人，从楚国来到滕国，登门谒见滕文公，说："我这个远方而来的人听说君王实行仁政，希望能得到一个住所，当您的百姓。"

滕文公给了他住处。

他的门徒几十个，都穿着粗麻织成的衣服，靠打草鞋、编草席为生。

陈良的门徒陈相和他的弟弟陈辛，扛着农具从宋国来到滕国，说："听说君王实行圣人之政，那您也是圣人了。我们愿做圣人的百姓。"

陈相见到许行，非常高兴，完全背弃了他原来从陈良那里所学的东西，而向许行学习。

陈相见到孟子，转述许行的话说："滕君确实是个贤明的君王；虽然如此，但是他还不懂治国的道理。贤明的君王应该和百姓一起耕种，一起食用，自己做饭，并且还要治理国家。如今滕国有储粮仓和财物库，这是伤害百姓来奉养自己，怎能算是贤明呢？"

孟子问道："许子一定自己种庄稼自己吃吗？"

陈相说："是这样。"

孟子问道：“许子一定亲手织布然后才穿衣服吗？”

陈相说：“不是。许子只穿麻布衣服。”

孟子问道：“许子戴帽子吗？”

陈相说：“戴。”

孟子问：“戴什么帽子？”

陈相说：“戴白丝绸做的帽子。”

孟子问：“是自己亲手织的吗？”

陈相说：“不是，是用粮食换来的。”

孟子问：“许子为什么不亲手织呢？”

陈相说：“因为对种庄稼有妨碍。”

孟子问道：“许子用锅、甑做饭，用铁器耕地吗？”

陈相说：“是的。”

孟子问：“是亲自制作的吗？”

陈相说：“不是，是用粮食换来的。”

孟子说：“用粮食来换取炊具和农具，不是对瓦匠和铁匠的伤害；那么瓦匠和铁匠用炊具、农具来换取粮食，难道说是伤害农夫吗？再说，许子为什么不亲自烧窑、炼铁，什么东西都从自己家里取用？为什么许子要一遍又一遍地与工匠做交易？为什么许子这样不嫌麻烦？”

陈相答道：“各种工匠的工作，本来就不能做到边耕种边做手艺。”

孟子说：“那么，难道治理国家就能做到一边耕种一边治理吗？有官吏做的事情，有百姓做的事情。况且一个人（所需的生活资料）必须靠各种工匠的工作才能齐备，如果一定要自己制作然后再使用，这等于是率领天下的人疲于奔命。所以说，有的人做脑力劳动，有的人做体力劳动；脑力劳动者统治别人，体力劳动者被别人统治；被别人统治者供养别人，统治别人者被别人供养，这是天下通行的道理。"

【原文】

"当尧之时，天下犹未平。洪水横流，泛滥于天下。草木畅茂，禽兽繁殖，五谷不登；禽兽逼人。兽蹄鸟迹之道，交于中国。尧独忧之，举舜而敷治焉。舜使益掌火，益烈山泽而焚之，禽兽逃匿。禹疏九河，瀹济、漯而注诸海；决汝、汉，排淮、泗而注之江，然后中国可得而食也。当是时也，禹八年于外，三过其门而不入，虽欲耕，得乎？① 后稷教民稼穑，树艺五谷，五谷熟而民人育。人之有道也，饱食、暖衣、逸居而无教，则近于禽兽。圣人有忧之，使契为司徒，教以人伦：父子有亲，君臣有义，夫妇有别，长幼有序，朋友有信。放勋曰：'劳之来之，匡之直之，辅之翼之，使自得之，又从而振德之。'圣人之忧民如此，而暇耕乎？② 尧以不得舜为己忧，舜以不得禹、皋陶为己忧。夫以百亩之不易为己忧者，农夫也。③ 分人以财谓之惠，教人以善谓之忠，为天下得人者谓之仁。是故以天下与人易，为天下得人难。④ 孔子曰：'大哉尧之为君！惟天为大，惟尧则之，荡荡乎民无能名焉。君战舜也！巍巍乎有天下而不与焉。'尧舜之治天下，岂无所用其心哉？亦不用于耕耳。"⑤

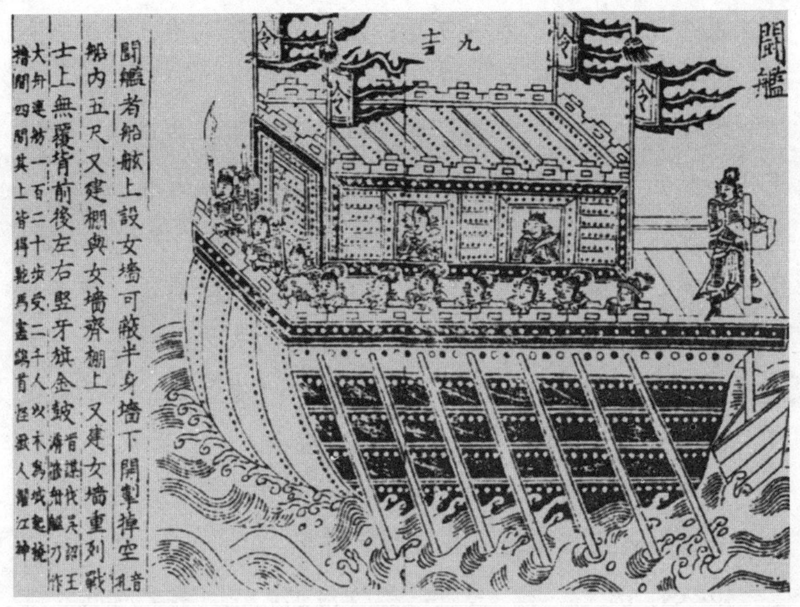

斗舰图

【注释】

①瀹，音药。济，子礼反。漯，佗合反。天下犹未平者，洪荒之世，生民之害多矣，圣人迭兴，渐次除治，至此尚未尽平也。洪，大也。横流，不由其道而散溢妄行也。泛滥，横流之貌。畅茂，长盛也。繁殖，众多也。五谷，稻、黍、稷、麦、菽也。登，成熟也。道，路也。兽蹄鸟迹交于中国，言禽兽多也。敷，布也。益，舜臣名。烈，炽也。禽兽逃匿，然后禹得施治水之功。疏，通也，分也。九河，曰徒骇，曰太史，曰马颊，曰覆釜，曰胡苏，曰简，曰洁，曰钩盘，曰鬲津。瀹，亦疏通之意。济、漯，二水名。决、排，皆去其壅塞也。汝，汉、淮、泗，亦皆水名也。据《禹

贡》及今水路，惟汉水入江耳，汝、泗则则入淮，而淮自入海。此谓四水皆入于江，记者之误也。

②契，音薛。长、放，皆上声。劳、来，皆去声。言水土平，然后得以教稼穑；衣食足，然后得以施教化。后稷，官名，弃为之。然言教民，则亦非并耕矣。树，亦种也。艺，殖也。契，亦舜臣名也。司徒，官名也。人之有道，言其皆有秉彝之性也。然无教，则亦放逸怠惰而失之，故圣人设官而教以人伦，亦因其固有者而道之耳。《书》曰："天叙有典，敕我五典五惇哉。"此之谓也。放勋，本史臣赞尧之辞，孟子因以为尧号也。德犹惠也。尧言劳者劳之，来者来，不使其放逸怠惰而或失之，盖命契之辞也。

③夫，音扶。易，去声。易，治也。尧、舜之忧民，非事事而忧之也，急先务而已。所以忧民者其大如此，则不惟不暇耕，而亦不必耕矣。

④为、易，并去声。分人以财，小惠而已；教人以善，虽有爱民之实，然其所及亦有限而难久；惟若尧之得舜，舜之得禹、皋陶，乃所谓为天下得人者，而其恩惠广大，教化无穷矣，此其所以为仁也。

⑤与，去声。则，法也。荡荡，广大之貌。君哉，言尽君道也。巍巍，高大之貌。不与，犹言不相关，言其不以位为乐也。

【译文】

"在尧的时代，天下还不安定，洪水横流，四处泛滥，草木茂密丛生，鸟禽成群繁殖，五谷没有收成，禽兽威胁人类的安全，兽蹄鸟迹全国到处都有。尧为此感到担忧，便推举舜负责治理工作。舜派伯益掌管火政，伯益便点火焚烧山林沼泽，使鸟兽逃散隐藏。禹疏通九河，掘通济水和漯水而引流入于大海，挖掘汝水和汉水，排除淮河、泗水的堵塞之处，并把它们引入长江，然后中原地区才可以耕种。在这个时候，禹在外治水八年，三次经过自己的家门都没有进去，即使他想耕种庄稼，可能吗？

　　"后稷教给百姓耕种庄稼，栽培五谷。五谷成熟了便可使百姓得到养育。人作为人，有自己的根本原则，吃饱了，穿暖了，过着安逸的生活，如果没有教养，就和禽兽相差不多。圣人又为此担忧，便派契担任司徒，教给人们人伦道德——父子之间有骨肉亲情，君臣之间有礼义之道，夫妇之间有内外之别，老少之间有长幼之序，朋友之间有真诚之信。尧说：'督促他们，安抚他们，开导他们，纠正他们，帮助他们，保护他们，使他们各得其所，然后再加以提携和教诲。'圣人就这样为百姓考虑，哪有闲暇去耕种庄稼？

　　"尧为得不到舜这样的人而忧虑，舜为得不到大禹和皋陶这样的人而忧虑。为百亩之地没种好而忧虑的，那是农夫。把钱财分给别人叫做惠，把为善之道教给别人叫做忠，为天下找到贤才的叫做仁。所以说，把天下让给别人容易，为天下找到贤才却困难。孔子说：'伟大啊，尧这样的圣君！只有天最伟大，只有尧能效法天。尧的圣德广阔无边，人们不知该用什么词来称赞他。舜也是个了不起的圣君！多么崇高伟大呀，虽然拥有天下，自己却不享用它！'尧、舜治理天下，难道不是竭尽全力用其心思吗？只是没有用在耕种庄稼上罢了。”

【原文】

　　“吾闻用夏变夷者，未闻变于夷者也。陈良，楚产也，悦周公，仲尼之道，北学于中国；北方之学者，未能或之先也，彼所谓豪杰之士也。子之兄弟，事之数十年，师死而遂倍之。①昔者孔子没，三年之外，门人治任将归，入揖于子贡，相向而哭，皆失声，然后归。子贡反，筑室于场，独居三年，然后归。他日子夏、子张、子游，以有若似圣人，欲以所事孔子事之，强曾子。曾子曰：‘不可。江汉以濯之，秋阳以暴之，皜皜乎不可尚已。’②今也南蛮鴃舌之人，非先王之道。子倍子之师而学之，亦异于曾子矣。③吾闻出于幽谷，迁于乔木者；未闻下乔木而入于幽谷者。④《鲁颂》曰：‘戎狄是膺，荆舒是惩。’周公方且膺之，子是之学，亦为不善变矣。”⑤“从许子之道，则市贾不贰，国中无伪。虽使五尺之童适市，莫之或欺。布帛长短同，则贾相若；麻缕丝絮轻重同，则贾相若；五谷多寡同，则贾相若；屦大小同，则贾相若。⑥曰：“夫物之不齐，物之情也。或相倍蓰，或相什伯，或相千万。子比而同之，是乱天下也。巨屦小屦同贾，人岂为之哉？从许子之道，相率而为伪者也，恶能治国家？”⑦

【注释】

　　①此以下，责陈相倍师而学许行也。夏，诸夏礼义之教

696

也。变夷，变化蛮夷之人也。变于夷，反见变化于蛮夷之人也。产，生也。陈良生于楚，在中国之南，故北游而学于中国也。先，过也。豪杰，才德出众之称，言其能自拔于流俗也。倍，与背同，言陈良用夏变夷，陈相变于夷也。

②任，去声。强，上声。暴，蒲木反。皜，音杲。三年，古者为师心丧三年，若丧父而无服也。任，担也。场，冢上之坛场也。有若似圣人，盖其言行气象有似之者，如《檀弓》所记子游谓有若之言似夫子之类是也。所事孔子，所以事夫子之礼也。江汉水多，言濯之洁也；秋日燥烈，言暴之干也。皜皜，洁白貌。尚，加也。言夫子道德明著，光辉洁白，非有若所能仿佛也。或曰："此三语者，孟子赞美曾子之辞也。"

③鴂，音决。鴂，博劳也，恶声之鸟。南蛮之声似之，指许行也。

④《小雅·伐木》之诗云："伐木丁丁，鸟鸣嘤嘤；出自幽谷，迁于乔木。"

⑤鲁颂，《闷宫》之篇也。膺，击也。荆，楚本号也。舒，国名，近楚者也。惩，艾也。按："今此诗为僖公之颂，而孟子以周公言之，亦断章取义也。"

⑥贾，音价，下同。陈相又言许子之道如此。盖神农始为市井，故许行又托于神农而有是说也。五尺之童，言幼小无知也。许行欲使市中所粥之物，皆不论精粗美恶，但以长短、轻重、多寡、大小为价也。

⑦夫，音扶。蓰，音喜，五倍。比，必二反。恶，阴平。倍，一倍也。蓰，五倍也。什伯、千万，皆倍数也。

比，次也。孟子言物之不齐，乃其自然之理，其有精粗，犹其有大小也。若大屦小屦同价，则人岂肯为其大者哉？今不论精粗，使之同价，是使天下之人皆不肯为其精者，而竞为滥恶之物以相欺耳。

【译文】

"我只听说过用华夏〔先进的教化〕来改变夷狄落后的风俗，没有听说过华夏反被夷狄所改变。陈良，本来生长在楚国，喜欢周公、孔子的学说，从南到北来中原学习。北方的学者还没有能超过他的。他真是所谓豪杰之士啊。你们兄弟向他学习了几十年，老师一死，竟背叛了他。从前孔子去世了，门徒们守孝三年之后，收拾行装准备回家，去子贡那里作揖告别，相对而哭，泣不成声，然后才回去。子贡又回到墓地旁，重新筑屋，独自住了三年，然后回去。过了些时候，子夏、子张、子游认为有若有点像孔子，便要用敬事孔子的礼节来敬事他，非要让曾子同意。曾子说：'不行。就好像用江、汉之水洗涤过，在秋日的阳光下曝晒过，真是洁白得无法比拟。（谁能和孔子相比呢？）'现在许行这个南方蛮人，说话怪腔怪调，指责先辈圣王的学说，你们却背叛你们的老师而向他学习，那和曾子的态度便不同了。我听说过，有飞离幽暗深谷而迁到大树上的鸟，没听说过离开高大的树木而飞进幽暗深谷的鸟。《鲁颂》说过：'攻击戎狄，惩制荆舒。'（楚国这样的国家）周公还要攻击它，你却赞同他的道理，向他学习，这也就是不善于用华夏改变夷狄。"

陈相说："如果按照许子的学说，那么就会做到市场上物价一致，国内没有欺诈行为，即使让一个小孩去市场，也没有人欺骗他。布匹丝绸的长短一样，价钱便相同；麻线丝棉的轻重一样，价钱便相同；五谷多少相等，价钱便一样；鞋的大小一样，价钱便相同。"

　　孟子说："各种东西的品种质量不一样，这是事物的自然属性。它们的价钱有的相差一倍或五倍，有的相差十倍百倍，有的相差千倍万倍。你要使它们一致，这是扰乱天下。制作粗糙的鞋和精致的鞋价钱相同，人们会这样干吗？听从许子的主张，是率领大家互相欺诈，怎么能够治理好国家呢？"

第五章

【原文】

　　墨者夷之，因徐辟而求见孟子。孟子曰："吾固愿见。今吾尚病，病愈，我且往见。夷子不来！"[①]他日又求见孟子。孟子曰："吾今则可以见矣。不直，则道不见，我且直之。吾闻夷子墨者。墨之治丧也，以薄为其道也。夷子思以易天下，岂以为非是而不贵也？然而夷子葬其亲厚，则是以所贱事亲也。"[②]徐子以告夷子，夷子曰："儒者之道，古之人'若保赤子'，此言何谓也？之则以为爱无差等，施由亲始。"

　　徐子以告孟子，孟子曰："夫夷子，信以为人之亲其兄之子，为若亲其邻之赤子乎？彼有取尔也。赤子匍匐将入井，非赤子之罪也。且天之生物也，使之一本，而夷子二本故也。③盖上世尝有不葬其亲者：其亲死，则举而委之于壑。他日过之，狐狸食之，蝇蚋姑嘬之。其颡有泚，睨而不视。夫泚也，非为人泚，中心达于面目。盖归反虆梩而掩之。掩之诚是也，则孝子仁人之掩其亲，亦必有道矣。④于是归而掩覆其亲之尸。此葬埋之礼所由起也。此掩其亲者，若所当然。则孝子仁人所以掩其亲者，必有其道，而不以薄为贵矣。”

徐子以告夷子，夷子怃然为间曰："命之矣"。⑤

【注释】

①辟，音壁，又音僻。墨者，治墨翟之道者。夷，姓；之，名。徐辟，孟子弟子。孟子称疾，疑亦托词以观其意之诚否。

②不见之"见"，音现。又求见，则其意已诚矣，故因徐辟以质之如此。直，尽言以相正也。《庄子》曰："墨子生不歌，死无服，桐棺三寸而无椁。"是墨子治丧，以薄为道也。易天下，谓移易天下之风俗也。夷子学于墨氏，而不从其教，其心必有所不安者，故孟子因以诘之。

③夫，音扶，下同。匍，音蒲。匐，蒲北反。若保赤子，《周书·康诰》篇文。此儒者之言也，夷子引之，盖欲援儒而入于墨，以拒孟子之非己；又曰"爱无差等，施由亲始"，则推墨而附于儒，以释己所以厚葬其亲之意：皆所谓遁辞也。孟子言人之爱其兄子，与邻之子本有差等，《书》之取譬，本为小民无知而犯法，如赤子无知而入井耳。且人

简言待辅

物之生，必各本于父母而无二，乃自然之理，若天使之然也，故其爱由此立，而推以及人，自有差等。今如夷子之言，则是视其父母本无异于路人，但其施之之序，姑自此始耳，非二本而何哉？然其于先后之间，犹知所择，则又其本心之明，有终不得而息者，此其所以卒能受命而自觉其非也。

④蚋，音汭。嘬，楚怪反。泚，七礼反。睨，音诣。为，去声。虆，力追反。梩，力知反。因夷子厚葬其亲而言此，以深明一本之意。上世，谓太古也。委，弃也。壑，山水所趋也。蚋，蚊属。姑，语助声，或曰蝼姑也。嘬，攒共食之也。颡，额也。泚，泚然汗出之貌。睨，邪视也。视，正视也。不能不视，而又不忍正视，哀痛迫切，不能为心之甚也。非为人泚，言非为他人见之而然也。所谓一本者，于此见之，尤为亲切。盖惟至亲，故如此；在他人，则虽有不忍之心，而其哀痛迫切不至若此之甚矣。反，覆也。虆，土笼也。梩，土轝也。

⑤怃，音武。间，如字。怃然，茫然自失之貌。为间者，有顷之间也。命，犹教也。言孟子已教我矣。盖因其本心之明，以攻其所学之蔽，是以吾之言易入，而彼之惑易解也。

【译文】

墨家学说的信奉者夷之，通过徐辟的关系求见孟子。孟子说："我本来愿意相见，但我现在有病，等病好了，我争取去看他，夷先生就不必来了吧！"

过了一些时候，又要求会见孟子。孟子说："我现在可以会见了。如果不直话直说，真理就不能显现。我就照直说吧！我听说夷先生是墨子的信徒，墨家办理丧事，以简单为原则；夷先生想以此变革天下（的风俗），可能是认为不这样做就不足为贵；然而夷先生安葬自己的父母却相当讲究，那就是用他所蔑视的礼节来对待他的父母吧！"

徐辟把它转告给夷子。

夷子说："儒家的学说认为，古代君王（爱护百姓）像爱护婴儿，这句话的含义是什么？我认为人类之爱没有等级差别，要施行应该从父母开始。"

徐子将它转告给孟子。

孟子说："夷先生真的认为人们爱自己的侄子会跟爱邻居的婴儿一样吗？他只不过根据这一点罢了：婴儿在地上爬行快要摔到井里，这绝不是婴儿自己的罪过。而且，天生万物，只有一个根本，而夷先生偏认为是两个根本。大既在上古时代曾经有过不安葬父母的人，父母一死，便把尸体抛掷山沟。隔些日子路过那里，（见到）狐狸吃它，苍蝇蚊子吮吸它，不禁额头冒汗，斜眼看而不敢正视。这汗水，不是流给别人看的，而是内心（愧悔溢于言表）禁不住从面部显示出来的。也许他会回家取来铲泥盛土的工具来掩埋尸体。掩埋它的确是对的，那么，孝子仁人埋葬他们的父母，也必然是有道理的。"

徐子把它转告了夷子。夷子茫然地迟疑了一会儿，才说："我算领教了。"

滕文公下

第一章

【原文】

　　陈代曰："不见诸侯，宜若小然。今一见之，大则以王，小则以霸。且《志》曰：'枉尺而直寻'，宜若可为也。"①孟子曰："昔齐景公田，招虞人以旌。不至，将杀之。志士不忘在沟壑，勇士不忘丧其元。孔子奚取焉？取非其招不往也；如不待其招而往，何哉？②昔者赵简子使王良与嬖奚乘，终日而不获一禽。嬖奚反命曰：'天下之贱工也。'或以告王良，良曰：'请复之。'强而后可，一朝而获十禽。嬖奚反命曰：'天下之良工也。'简子曰：'我使掌与女乘。'谓王良，良不可，曰：'吾为之范我驰驱，终日不获一；为之诡遇，一朝而获十。《诗》云："不失其驰，舍矢如破。"我不贯与小人乘，请辞。'③御者且羞与射者比，比而得禽兽，虽若丘陵，弗为也。如枉道而从彼，何也？且子过矣！枉己者，未有能直人者也。”④

【注释】

①王，去声。陈代，孟子弟子也。小，谓小节也。枉，屈也。直，伸也。八尺曰寻，枉尺直寻，犹屈己一见诸侯，而可以致王霸。所屈者小，所伸者大也。

②丧，去声。田，猎也。虞人，守苑囿之吏也。招大夫以旌，招虞人以皮冠。元，首也。志士固穷，常念死无棺椁，弃沟壑而不恨；勇士轻生，常念战斗而死，丧其首而不顾也：此二句，乃孔子叹美虞人之言。夫虞人招之不以其物，尚守死而不往，况君子岂可不待其招而自往见之邪？此以上告之以不可往见之意。且夫枉尺而直寻者，以利言也。如以利，则枉寻直尺而利，亦可为与？夫，音扶。与，平声。此以下，正其所称枉尺直寻之非。夫所谓枉小而所伸者大，则为之者，计其利耳。一有计利之心，则虽枉多伸少而有利，亦将为之邪。甚言其不可也。

③乘，去声。强，上声。女，音汝。为，去声。舍，上声。赵简子，晋大夫赵鞅也。王良，善御者也。嬖奚，简子幸臣。与之乘，为之御也。复之，再乘也。强而后可，嬖奚不肯，强之而后肯也。一朝，自晨至食时也。掌，专主也。范，法度也。诡遇，不正而与禽遇也。言奚不善射，以法驰驱则不获，废法诡遇而后中也。诗，《小雅·车攻》之篇。言御者不失其驰驱之法，而射者发矢皆中而力，今嬖奚不能也。贯，习也。

④比，必二反。比，阿党也。若丘陵，言多也。

【译文】

陈代说："不去见诸侯似乎是小事，现今一去见他们，大可以一统天下，小可以称霸于世。《志》书上说：'屈曲一尺而伸直八尺'，应该说似乎是可以干的。"

孟子说："从前齐景公田猎，用旌去传唤管理山林园子的虞人，虞人不去，景公要处死他。孔子得知后说'志士不怕弃尸山沟，勇士不怕丧失头颅'，孔子赞赏什么呢？是赞赏虞人对不符合礼仪的传唤不应承。要是不待传唤而去应承，那算什么呢？所谓'屈曲一尺而伸直八尺'，是从利上来说的。要说利，如果屈曲八尺而伸直一尺有利，是否也能做呢？从前赵简子派王良为他宠幸的小臣奚驾车，一整天捕不到一只鸟。奚向赵简子汇报说：'王良是天下最拙劣的车手。'有人把这话告诉了王良，王良说：'请让我们再去一次。'经过强求之后才获允准，结果一个早上就捕到了十只鸟。奚向赵简子汇报说：'王良是天下最优秀的车手。'赵简子说：'我派他专门为你驾车。'便告诉了王良。王良不同意，说：'我替他按规范驾车，一整天捕不到一只；不按照规范驾车，一个早上就捕到了十只。'《诗》里说："不失规范地奔驰，一箭发出就射中。"我不习惯替小人驾车，请不要任命。'车手尚且羞于与奚这样的射手合作，即便合作得的鸟兽多得像山丘一样，也不肯干。要是损害了原则去阿附诸侯，那算是什么呢？而且你错了，自己不行正道的人未曾有过能纠正别人的。凡是枉屈自己的人，没有一个能够使他人正直的。”

第二章

【原文】

景春曰：“公孙衍、张仪，岂不诚大丈夫哉？一怒而诸侯惧，安居而天下熄。”①孟子曰：“是焉得为大丈夫乎？子未学礼乎？丈夫之冠也，父命之；女之嫁也，母命之。往送之门，戒之曰：‘往之女家，必敬必戒，无违夫子。’以顺为正者，妾妇之道也。②居天下之广居，立天下之正位，行天下之大道；得志与民由之；不得志独行其道；富贵不能淫，贫贱不能移，威武不能屈：此之谓大丈夫。”③

【注释】

①景春，人姓名。公孙衍、张仪，皆魏人。怒则说诸侯使相攻伐，故诸侯惧也。

②焉，于虔反。冠，去声。女家之“女”，音汝。加冠于首曰冠。女家，夫家也。妇人内夫家，以嫁为归也。夫子，夫也。女子从人，以顺为正道也。盖言二子阿谀苟容，窃取权势，乃妾妇顺从之道耳，非丈夫之事也。

③广居，仁也。正位，礼也。大道，义也。与民由之，推其所得于人也。独行其道，守其所得于己也。淫，荡其心

楚平王娶媳逐世子

也。移，变其节也。屈，挫其志也。

【译文】

景春说："公孙衍、张仪这两个人难道不是真正的大丈夫吗？一发脾气，诸侯都害怕；不在外活动，天下便战争平息。"

孟子说："那怎么能称为大丈夫呢！您没有学过礼吗？男子举行加冠礼的时候，父亲给以训导；女子出嫁的时候，母亲给以训导，并送到门口，告诫女儿：'到了你丈夫家里，一定要谨慎，要恭敬，不要违背丈夫的意志。'以顺从为原则，就是妇女之道。

"（对男子来说，）应住在天下最宽广的住宅中，站在天下最正确的位置上，走在天下最光明的大道上。得志的时候，同老百姓一起循着大道前进；不得志的时候，自己坚持自己的理想继续奋斗。富贵不能乱其心，贫贱不能变其节，威武不能挫其志：这样做才叫大丈夫。"

第三章

【原文】

周霄问曰："古之君子仕乎？"孟子曰："仕。传曰：'孔子三月无君，则皇皇如也，出疆必载质。'公明仪曰：'古之人三月无君则吊。'"[①]"三月无君则吊，不以急乎？"[②]曰："士之失位也，犹诸侯之失国家也。《礼》曰：‘诸侯耕助，以供粢盛；夫人蚕缫，以为衣服。牺牲不成，粢盛不洁，衣服不备，不敢以祭。惟士无田，则亦不祭。’牲杀、器皿、衣服不备，不敢以祭，则不敢以宴，亦不足吊乎？”③ “出疆必载质，何也？”周霄问也。曰：“士之仕也，犹农夫之耕也。农夫岂为出疆舍其耒耜哉？”④ 曰：“晋国亦仕国也，未尝闻仕如此其急。仕如此其急也，君子之难仕，何也？”

曰：“丈夫生而愿为之有室，女子生而愿为之有家。父母之心，人皆有之。不待父母之命，媒妁之言，钻穴隙相窥，逾墙相从，则父母、国人皆贱之。古之人未尝不欲仕也，又恶不由其道。不由其道而往者，与钻穴隙之类也。”⑤

【注释】

①传，直恋反。质，与势同，下同。周霄，魏人。无君，谓不得仕而事君也。皇皇，如有求而弗得之意。出疆，谓失位而去国也。质，所势以见人者，如士则执雉也。出疆载之者，将以见所适国之君而事之也。

②周霄问也。以、已通，太也。后章放此。

③盛，音成。缫，素刀反。皿，武永反。《礼》曰："诸侯为藉百亩，冕而青紞，躬秉耒以耕，而庶人助以终亩。收而藏之御廪，以供宗庙之粢盛。使世妇蚕于公桑蚕室，奉茧以示于君，遂献于夫人。夫人副袆受之，缫三盆手，遂布于三宫世妇，使缫以为黼黻文章，而服以祀先王先公。"又曰："士有田则祭，无田则荐。"黍稷曰粢，在器曰盛。牲杀，牲必特杀也。皿，所以覆器者。

④为，去声，舍，上声。

⑤为，去声。妁，音酌。隙，去逆反。恶，去声。晋国，解见首篇。仕国，谓君子游宦之国。霄意以孟子不见诸侯为难仕，故先问古之君子仕否，然后言此以风切之也。男以女为室，女以男为家。妁，亦媒也。言为父母者，非不愿其男女之有室家，而亦恶其不由道。盖君子虽不洁身以乱伦，而亦不徇利而忘义也。

【译文】

周霄问道："古代的君子出仕吗？"

孟子说："出仕的。记载上说'孔子要是三个月没有事奉的君主就会惶惶不安，所以每离开一处必定带着拜见君主的礼物'，公明仪说：'古代的人要是三个月没有事奉的君主就会感到悲伤。'"

周霄说："三个月没有事奉的君主就感到悲伤，不是太性急了吗？"

孟子说："士人失去了职位，犹如诸侯失去了国家。礼书上说：'诸侯亲自耕种农田以生产祭品，他们的夫人亲自养蚕以制作祭服。祭奠用的牲畜不肥壮，祭奠用的食品不洁净，祭奠用的礼服不完备，不敢用来祭祀。'士人如果没有了土地也不能祭祀，因为牲畜、器皿、礼服不完备，不敢用来祭祀，于是就不敢进行宴乐，难道不足以感到悲伤吗？"

周霄说："每离开一处必定带着拜见君主的礼物是什么道理呢？"

孟子说："士人去出仕好比农夫去耕地，农夫如果离开一个地方难道会丢下他的农具吗？”

　　周霄说：“魏国也是个能出仕的国家，但我从未听说过士人出仕有如此急迫的。既然士人出仕是如此的急迫，那么君子的出仕为什么那样艰难呢？”

　　孟子说：“男子生下来就希望为他找到妻室，女子生下来就希望为他找到夫家，父母的这种心情是人人都有的。但要是不得到父母亲的同意，没有媒人的介绍，就钻洞穴私下相见，翻墙头进行幽会，那么父母、国人都会看不起他们。古人不是不想出仕，但又嫌恶不通过正当途径的出仕。不通过正当途径去出仕的，就和钻洞翻墙差不多。”

第四章

【原文】

　　彭更问曰：“后车数十乘，从者数百人，以传食于诸侯，不以泰乎？”孟子曰：“非其道，则一箪食不可受于人；如其道，则舜受尧之天下，不以为泰，子以为泰乎？”①曰：“否。士无事而食，不可也。”②曰：“子不通功易事，以羡补不足，则农有余粟，女有余布；子如通之，则梓匠、轮舆，皆得食于子。于此有人焉，入则孝，出则悌，守先王之道，以待后之学者，而不得食于子。子何尊梓匠、轮舆，而轻为仁义者哉？”③曰：“梓匠、轮舆，其志将以求食也。君子之为道也，其志亦将以求食与？”曰：“子何以其志为哉？其有功于子，可食而食之矣，且子食志乎？食功乎？”曰：“食志。”④曰：
“有人于此，毁瓦画墁，其志将以求食也，则子食之乎？”曰：
“否。”曰：“然则子非食志也，食功也。”⑤

【注释】

①更，阴平。乘、从，皆去声。传，直恋反。箪，音丹。食，音嗣。彭更，孟子弟子也。泰，侈也。

②言不以舜为泰，但谓今之士无功而食人之食，则不可也。

③羡音线，似面反。通攻易事，谓通人之攻而交易其事。羡，余也。有余，言无所贸易，而积于无用也。梓人、匠人，木工也。轮人、舆人，车工也。

④与，阴平。可食而食、食志，食攻之“食”，皆音嗣，下同。孟子言自我而言，固不求食；自彼而言，凡有功者则当食之。

⑤墁，莫半反。子食之“食”，亦音嗣。墁，墙壁之饰也。毁瓦画墁，言无功而有害也。既曰食功，则以士为无事而食者，真尊梓匠轮舆，而轻为仁义者矣。

【译文】

彭更询问说：“跟随的车子几十辆，随行的人几十个，轮流吃遍诸侯国，这不是太过分了吗？”

孟子说：“如不合道理，就连一筐食物也不能接受别人的；如合道理，舜接受尧的天下，也不认为过分。你认为过分了吗？”

兵部选将练帅图

彭更说："不过分。然而士人不做事就白吃饭，是不可以的。"

孟子说："你如果不交换成果互换产品，以多余的补充不足的，就会使农夫有多余的谷粟，妇女有多余的布匹；你如果互通有无，木工车工就都能够从你那里得到食物了。假定这里有个人，在家孝顺父母，出门尊敬长辈，严格遵守古代圣人学说，用来培养后代的学者，却不能从你那里得到食物。你为什么尊重木工车工，而轻视实行仁义的人呢？"

彭更说："木工车工，他们的意图就是为谋食；君子研究圣王学说，他们的意图也是为谋食吗？"

孟子说："你为什么要追究意图呢？他们对你有功绩，你能给食物就给食物。而且，你是按他们的意图给食物呢？

还是按他们的功绩给食物呢？”

　　彭更说：“是按意图给食物。”

　　孟子说：“假定这里有个人，打碎瓦片，在新刷的墙上乱画，他的意图也是为了谋食，你会给他食物吗？”

　　彭更说：“不会。”

　　孟子说：“那么，你就不是按意图，而是按功绩给予食物了。”

第五章

【原文】

　　万章问曰：“宋，小国也，今将行王政，齐、楚恶而伐之，则如之何？”①孟子曰：“汤居亳，与葛为邻，葛伯放而不祀。汤使人问之曰：‘何为不祀？’曰：‘无以供牺牲也。’汤使遗之牛羊。葛伯食之，又不以祀。汤又使人问之曰：‘何为不祀？’曰：‘无以供粢盛也。’汤使亳众往为之耕，老弱馈食。葛伯率其民，要其有酒食黍稻者夺之，不授者杀之。有童子以黍肉饷，杀而夺之。《书》曰：‘葛伯仇饷，’此之谓也。②为其杀是童子而征之，四海之内皆曰：‘非富天下也，为匹夫匹妇复仇也。’③‘汤始征，自葛载，’十一征而无敌于天下。‘东面而征西夷怨，南面而征北狄怨，曰：奚为后我？’民之望之，若大旱之望雨也。归市者弗止，芸者不变，诛其君，吊其民，如时雨降，民大悦。《书》曰：‘徯我后？后来其无罚。'④'有攸不惟臣，东征，绥厥士女，匪厥玄黄，绍我周王见休，惟臣附于大邑周。'其君子实玄黄于匪，以迎其君子，其小人箪食壶浆以迎其小人。救民于水火之中，取其残而已矣。⑤《太誓》曰：'我武惟扬，侵于之疆。则取于残，杀伐用张，于汤有光。'⑥不行王政云尔，苟行王政，四海之内皆举首而望之，欲以为君。齐楚虽大，何畏焉？"⑦

【注释】

①恶，去声。万章，孟子弟子。宋王偃尝灭滕伐薛，败齐、楚、魏之兵，欲霸天下，疑即此时也。

②遗，唯委反。盛，音成。往为之"为"，去声。馈食、酒食之"食"，音嗣。要，阴平。饷，式亮反。葛，国名。伯，爵也。放而不祀，放纵无道，不祀先祖也。亳众，汤之民。其民，葛民也。授，与也。饷，亦馈也。书，《商书·仲虺之诰》也。仇饷，言与饷者为仇也。

③为，去声。非富天下，言汤之心非以天下为富而欲得之也。

④载，亦始也。十一征，所征十一国也。余已见前篇。

⑤食，音嗣。按：《周书·武成》篇载武王之言，孟子约其文如此。然其辞时与今《书》文不类，今姑依此文解之。有所不惟臣，谓助纣为恶，而不为周臣者。匪，与筐同。玄黄，币也。绍，继也，犹言事也。言其士女以匪盛玄黄之币，迎武王而事之也。商人而曰我周王，犹《商书》所谓"我后"也。休，美也，言武王能顺天休命，而事之者皆见休也。臣附，归服也。孟子又释其意，言商人闻周师之

来，各以其类相迎者，以武王能救民于水火之中，取其残民者诛之，而不为暴虐耳。君子，谓在位之人。小人，谓细民也。

⑥太誓，《周书》也。今《书》文亦小异。言武王威武奋扬，侵彼纣之疆界，取其残贼，而杀伐之攻，因以张大，比于汤之伐桀，又有光焉。引此以证上文"取其残"之义。

⑦宋实不能行王政，后果为齐所灭，王偃走死。

【译文】

万章问："宋国是个小国。现在想推行王政，齐、楚等大国却讨厌它而讨伐它，那宋国该怎么办呢？"

孟子说："商汤居住在亳，与葛国相邻。葛国国君放纵无道，不祭祀自己的祖先，汤派人询问他：'为什么不祭祀祖先呢？'葛国国君说：'没有可用作祭品的动物。'汤派人送来了牛羊，葛国国君把牛羊都吃了，又没有祭祀。汤又派人问他：'为什么不祭祀自己的祖先呢？'葛国国君说：'没有可做祭品的粮食。'汤派他的老百姓去葛耕种，让老年人和小孩子送饭。葛国国君带领他的百姓，约好如果他们送的饭中有酒和黍稻等好的食物就抢下来，如果不给就杀掉他们。有个小孩子送的饭中有黍有肉，葛国的人就把他杀掉并抢走他的饭。《尚书》上说：'葛君与送饭的人为敌。'说的就是这件事。因为葛国杀了这小孩子，商汤才去讨伐他，天下的老百姓都说商汤：'不是贪图天下的财物，是替普通老百姓报仇的。'汤最早征讨天下，是从葛国开始的。征讨了十一次天下就没有了敌手。向东方征讨时，西方的部族就埋怨。向南方征讨时，北方的部族就有怨言。说：'为什么把我们放在后面呢？'老百姓盼望他，就像大旱的时候盼望雨水一样。赶集的人照样赶集，耕田的人没有惊慌，商汤讨伐暴君，慰问他们的老百姓，像及时雨从天而降，民众非常喜欢。《尚书》上说：'我们在等待我们的君王，他来了我们就不受罪了。''有的国家没臣服于周，周就东征，安定天下的男男女女。我们用筐子盛着黑色黄色的丝绸，事奉我们周王，前途光明，我们愿意臣附于伟大的周国。'殷商的统治者带着丝绸来迎接周的统治者；殷商的老百姓带着食物和水，在路旁迎接周的战士。把老百姓从水深火热的状态中拯救出来，仅仅是杀了残害人民的人。《太誓》中说：'我们的武力要发扬，进入了商的边疆，捉住那残害百姓的人，我们业绩辉煌，比商汤伐夏桀还要伟大。'不想推行王政的人才这样说；如果推行王政，天下老百姓都会抬头盼望，想让他做自己的君王。齐国楚国虽然大，又有什么可怕呢？"

第六章

【原文】

孟子谓戴不胜曰："子欲子之王之善与？我明告子：有楚大夫于此，欲其子之齐语也，则使齐人傅诸？使楚人傅诸？"曰："使齐人傅之。"曰："一齐人傅之，众楚人咻之。虽日挞而求其齐也，不可得矣。引而置之庄岳之间数年，虽

反齐礼葬

日挞而求其楚，亦不可得矣。①子谓薛居州，善士也。使之居于王所，在于王所者，长幼卑尊，皆薛居州也，王谁与为不善？在王所者，长幼卑尊，皆非薛居州也，王谁与为善？一薛居州，独如宋王何？"②

【注释】

①与，阴平。咻，音休。戴不胜，宋臣也。齐语，齐人语也。傅，教也。咻，灌也。齐，齐语也。庄岳，齐街里名也。楚，楚语也。此先设譬以晓之也。

②长，上声。居州，亦宋臣。言小人众而君子独，无以成正君之功。

【译文】

孟子对戴不胜说："你想要你的国君向善吗？我坦率地告诉你。（比方）有位楚国的大夫，希望他的儿子能说齐国话，那么是让齐国人教他呢，还是让楚国人教他？"

戴不胜说："让齐国人教他。"

孟子说："一个齐国人教他，许多楚国人吵扰他，即使每天责打要他说齐语也做不到；带他住到临淄的闹市里，过上几年，即使每天责打要他说楚语也做不到。你说薛居州是个好人，让他住进王宫。如果王宫中住的人，无论长幼尊卑都是像薛居州这样的，国君和谁去做不善的事呢？如果王宫中的人，无论长幼卑尊都不是像薛居州这样的，国君和谁去做善事呢？一个薛居州，又能把宋王怎么样呢？"

第七章

【原文】

公孙丑问曰："不见诸侯何义？"孟子曰："古者不为臣不见。①段干木逾垣而辟之，泄柳闭门而不内，是皆已甚。迫，斯可以见矣。②阳货欲见孔子，而恶无礼。大夫有赐于士，不得受于其家，则往拜其门。阳货瞰孔子之亡也，而馈孔子蒸豚。孔子亦瞰其亡也，而往拜之。当是时，阳货先，岂得不见？③曾子曰：'胁肩谄笑，病于夏畦。'子路曰：'未同而言，观其色赧赧然，非由之所知也。'由是观之，则君子之所养，可知已矣。"④

【注释】

①不为臣，谓未仕于其国者也。此不见诸侯之义也。

②辟，去声。内，与纳同。段干木，魏文侯时人。泄柳，鲁缪公时人。文侯、缪公欲见此二人，而二人不肯见之，盖未为臣也。已甚，过甚也。迫，谓求见之切也。

③欲见之"见"，音现。恶，去声。瞰，音勘。此又引孔子之事，以明可见之节也。欲见孔子，欲召孔子来见己也。恶无礼，畏人以己为无礼也。受于其家，对使人拜受于家也。其门，大夫之门也。瞰，窥也。阳货于鲁为大夫，孔子为士，故以此物及其不在而馈之，欲其来拜而见之也。

先，谓先来加礼也。

④胁，虚业反。赧，奴板反。胁肩，竦体。谄笑，强笑。皆小人侧媚之态也。病，劳也。夏畦，夏月治畦之人也。言为此者，其劳过于夏畦之人也。未同而言，与人未合而强与之言也。赧赧，惭而面赤之貌。由，子路名。言非己所知，甚恶之之辞也。孟子言由此二言观之，则二子之所养可知，必不肯不俟其礼之至，而辄往见之也。此章言圣人礼义之中正。过之者，伤于迫切而不洪；不及者，沦于污贱而可耻。

【译文】

公孙丑问："不拜见诸侯是什么道理呢？"

孟子说："古时候不是臣属就不拜见。段干木翻墙躲避（魏文侯），泄柳关门不接待（鲁穆公），这些都太过分；（求见）很迫切，那就可以相见了。阳货想让孔子见他但怕人说他失礼，古时大夫对士人有所赏赐，士人当时没有在家亲自接受，就应到大夫家去拜谢。阳货探知孔子不在家，就给他送去蒸乳猪；孔子也探知阳货不在家时前往拜谢。在那时，如果阳货先去拜访，孔子怎会不见呢？曾子说：'耸肩假装恭敬，讨好地谄笑，比夏天浇菜地还累。'子路说：'志趣并不相投却要勉强攀谈，看他那脸红耳赤的样子，我真不明白是为什么。'由这些事看来，就知道君子该保守怎样的道德操行了。"

第八章

【原文】

　　戴盈之[①]曰："什一[②]，去关市之征[③]。今兹未能，请轻之，以待来年然后已[④]，何如？"孟子曰："今有人日攘[⑤]其邻之鸡者，或告之曰：'是非君子之道。'曰：'请损[⑥]之。月攘一鸡，以待来年然后已。'如知其非义，斯速已矣，何待来年？"

【注释】

①盈之，亦宋大夫也。

②什一，井田之法也。

③去，去声。除去关市之征，商贾之税也。

④已，止也。

⑤攘，如羊反。物自来而取之也。

⑥损，减也。

【译文】

　　戴盈之说："税率定为十分之一，不准乱设卡乱收费，今年还不能完全做到，想先减轻一些，等到明年，再完全实行，怎么样？"孟子说："现在有个人每天偷邻居一只鸡，有人告诉他说：'这不是正派人的行为。'他便说：'想先减少

一些，先每个月偷一只，等到明年，再洗手不干'。——如
果晓得这种行为不合道义，就赶快住手得了，为什么要等到
明年呢？"

第九章

【原文】

　　公都子曰："外人皆称夫子好①辩，敢问何也？"孟子曰：
"予岂好辩哉？予不得已也。天下之生②久矣，一治一乱③。
当尧之时，水逆行，泛滥于中国。蛇龙居之，民无所定。下
者为巢，上者为营窟。《书》曰：'洚水警余。'洚水者，
洪水也④。使禹治之。禹掘地而注之海，驱蛇龙而放之菹。
水由地中行，江、淮、河、汉是也。险阻既远，鸟兽之害人
者消，然后人得平土而居之⑤。尧、舜既没，圣人之道衰。
暴君⑥代作，坏宫室⑦以为污池，民无所安息；弃田以为园囿，
使民不得衣食。邪说暴行⑧又作，园囿、污池、沛泽⑨多而禽
兽至。及纣之身，天下又大乱⑩。周公相武王，诛纣伐奄，
三年讨其君，驱飞廉于海隅而戮之。灭国者五十，驱虎豹犀
象而远之，天下大悦⑪。《书》⑫曰：'丕显⑬哉，文王谟⑭！
丕承⑮哉，武王烈⑯！佑启⑰我后人，咸以正无缺⑱。'世衰道微，
邪说暴行有作。臣弑其君者有之，子弑其父者有之⑲。孔子
惧，作《春秋》。《春秋》，天子之事也。是故孔子曰：'知
我者，其惟《春秋》乎！罪我者，其惟《春秋》乎！⑳'

圣王不作，诸侯放恣，处士横议，杨朱、墨翟之言盈天下。天下之言，不归杨，则归墨。杨氏为我，是无君也：墨氏兼爱，是无父也。无父无君，是禽兽也[21]。公明仪曰：'庖有肥肉，厩有肥马，民有饥色，野有饿莩：此率兽而食人也。'杨、墨之道不息，孔子之道不著。是邪说诬民，充塞仁义也。仁义充塞，则率兽食人，人将相食[22]。吾为此惧，闲先圣之道，距杨墨，放淫辞，邪说者不得作[23]。作于其心，害于其事[24]；作于其事，害于其政[25]。圣人复[26]起，不易吾言矣。昔者禹抑洪水而天下平，周公兼夷狄驱猛兽而百姓宁，孔子成《春秋》而乱臣贼子惧[27]。《诗》云：'戎狄是膺，荆舒是惩，则莫我敢承。'无父无君，是周公所膺也[28]。我亦欲正人心，息邪说，距诐行，放淫辞，以承三圣者，岂好辩哉？予不得已也[29]。能言距杨、墨者，圣人之徒也。[30]"

【注释】

①好，去声，下同。

②生，谓生民也。

③治，去声。一治一乱，气化盛衰，人事得失，反复相寻，理之常也。

④水逆行，下流壅塞，故水倒流而旁溢也。下，低洼地；上，高地也。营窟，穴处也。书，《虞书·大禹谟》也。泽，音降，又胡贡、胡工二反。泽水，泽洞无涯之水也。警，戒也。此一乱也。

⑤掘地，掘去壅塞也。菹，侧鱼反。菹，泽生草者也。地中，两涯之间也。险阻，谓水之泛滥也。远，去也。消，

除也。此一治也。

⑥暴君，谓夏太康、孔甲、覆癸，商武乙之类也。

⑦坏，音怪。宫室，民居也。

⑧行，去声，下同。

⑨沛，蒲内反。草木之所生也。泽，水所钟也。

⑩自尧、舜没至此，治乱非一，及纣而又一大乱也。

⑪相，去声。奄，阴平。东方之国，助纣为虐者也。飞廉，纣幸臣也。五十国，皆纣党虐民者也。此一治也。

⑫《书》，《周书·君牙》之篇。

⑬丕，大也。显，明也。

⑭谟，谋也。

⑮承，继也。

⑯烈，光也。

⑰佑，助也。启，开也。

⑱缺，坏也。

⑲此周室东迁之后，又一乱也。有作之"有"，读为又，古字通用。

⑳胡氏曰："仲尼作《春秋》以寓王法、典、庸礼、命德、讨罪，其大要皆天子之事也。知孔子者，谓此书之作，遏人欲于横流，存天理于既灭，为后世虑至深远也；罪孔子者，以谓无其位而托二百四十二年南面之权，使乱臣贼子禁其欲而不得肆，则戚矣。"愚谓孔子作《春秋》以讨乱贼，则致治之法垂于万世，是亦一治也。

㉑横、为，皆去声。杨朱但知爱身，而不复知有致身之义，故无君；墨子爱无差等，而视其至亲无异众人，故无

断锁横江

父。无父无君，则人道灭绝，是亦禽兽而已。

㉒公明仪之言，义见首篇。莩，皮表反。充塞仁义，谓邪说遍满，妨于仁义也。孟子引仪之言，以明杨、墨道行，则人皆无父无君，以陷于禽兽，而大乱将起，是亦率兽食人，而人又相食也。此又一乱也。

㉓为，去声。闲，卫也。放，驱而远之也。作，起也。孟子虽不得志于时，然杨、墨之害，自是灭息，而君臣父子之道，赖以不坠，是亦一治也。程子曰："杨、墨之害，甚于申、韩；佛氏之害，甚于杨、墨。盖杨氏为我疑于义，墨氏兼爱疑于仁，申、韩则浅陋易见。故孟子止辟杨、墨，为其惑世之甚也。佛氏之言近理，又非杨、墨之比，所以为害尤甚。"

㉔事，所行。

㉕政，大体也。

㉖复，扶又反。

㉗抑，止也。兼，并之也。总结上文也。

㉘说见上篇。承，当也。

㉙行、好，皆去声。诐、淫，解见前篇。辞者，说之详也。承，继也。三圣，禹、周公、孔子也。盖邪说横流，坏人心术，甚于洪水猛兽之灾，惨于夷狄篡弑之祸，故孟子深惧而力救之。再言"岂好辩哉，予不得已也"，所以深致意焉。然非知道之君子，熟能真知其所以不得已之故哉！

㉚言苟有能为此距杨、墨之说者，则其所趋正矣。虽未必知道，是亦圣人之徒也。孟子既答公都子之问，而意有未尽，故复言此。盖邪说害正，人人得而攻之，不必圣贤。如

《春秋》之法，乱臣贼子，人人得而诛之，不必士师也。圣人救世立法之意，其切如此。若以此意推之，则不能攻讨，而又倡为不必攻讨之说者，其为邪陂之徒、乱贼之党可知矣。

【译文】

公都子说："外面的人都说您老师喜欢辩论，请问这是为什么呢？"

孟子说："我难道是喜欢辩论么？我（实在是）不得已呢。人类社会产生已经很久了，治世和乱世总是轮换着出现。

"当尧的时候，洪水横流，在全国泛滥，到处被龙蛇盘踞，老百姓没有地方定居，低洼地方的人只好在树上搭窝，高地的人便凿成一个连一个的窑洞。《尚书》中说：'洚水警诫了我们。'——洚水就是洪水。（当时尧）派禹治水。禹挖通河道把洪水导入海中，又把（那些为害人们的）龙蛇驱逐到草泽中去；（于是）水便被纳入河道中流，这便是长江、淮水、黄河和汉水。洪水给人们带来的危险和不方便已经没有了，为害人们的鸟兽之灾也消除了，然后人们才得以回到平地上来安居。

"尧舜去世后，圣人（治国爱民）之道就逐渐衰微了，暴虐的君主代代都产生过，（他们）拆毁民房来挖成深池，弄得老百姓无处安居；破坏农田来做园林，坏了老百姓的衣食。（于是）荒谬的学说和残暴的行为又出现了，园林、池沼、草泽一多了，禽兽也就随之而来了。到了商纣的时候，天下又发生了大乱。（于是）周公辅佐武王，出兵攻打纣王，并讨伐（助纣为虐的）奄国，三年之内，诛杀了纣王，把纣王手下的坏臣子飞廉赶到海边上杀死了。被消灭的国家多达五十个，赶着老虎、豹子、犀牛、大象远逃别处，天下的老百姓（对此）十分高兴。《尚书》里说：'多高明啊，文王的谋略！多无愧于先人啊，武王的功绩！帮助启发了我们后一辈，都能够因此正确地遵行王道，没有亏损的地方。'

"（不久，）世风日下，王道衰微，荒谬的学说和残暴的行为又出现了。臣子杀害君主的事有，儿子杀害父亲的事也有。孔子（对此）深感忧惧，便著述了《春秋》这部书。《春秋》（对天子、诸侯、大夫'褒善贬恶'）是天子权限内的事；所以孔子说：'了解我的，恐怕只在《春秋》这部书吧！责怪我的，恐怕也还在《春秋》这部书吧！'

"圣明的帝王没有产生，诸侯们横行无忌，为所欲为，一些在下面的学者们乱发议论，不顾影响，杨朱、墨翟的学说盛极一时，几乎到了满天飞的地步，一般人的论调不属杨派，就属墨派。杨派一切为了自己，这是目无君主；墨派主张不分亲疏，一视同仁，这是目无父母。目无君主和父母，这是禽兽的行为。公明仪说：'厨房里摆着肥肉，马栏里喂着肥马，老百姓饿得面黄肌瘦，野外到处是饿死者的尸体：这无异乎是带领着野兽去吃人。'杨派、墨派的学说不停止流行，孔子的学说便得不到发扬光大，这简直是任从邪说坑害老百姓，阻塞仁义的道路。仁义的道路一被阻塞，这就等于是带领野兽去吃人，必将出现人吃人的惨象。我为这个深感忧惧，（所以，挺身而出，）学习和捍卫先代圣人的学说抨击杨派和墨派，驳斥那些乌七八糟的言论，使荒谬学说的制造者再找不到市场。（这种荒谬的学说）从心里产生出来，便要给工作带来危害，工作受了危害，也就危害了整个政治。（我想）后世再有圣人出现，也不会改变我这些话的。

　　"从前，大禹治好了洪水，天下就太平了；周公征服了夷狄，赶走了猛兽，老百姓便安宁了；孔子著成了《春秋》（褒善贬恶），那些胡作非为的乱臣贼子便感到十分害怕了。《诗》里说：'（我）一攻打戎狄，惩罚荆舒，就没有谁敢抵挡我了。'那些目无君主父母的人，便正是周公所要惩罚的对象。我也要端正人心，根绝谬论，反对阴险的行径，驳斥无耻的谎言，来继承大禹、周公、孔子三位大圣人的业绩；我难道是喜欢辩论吗？实在是不得已啊。凡是能够著书立言以反对杨、墨学派的人，便不愧是圣人的门徒了。"

离娄上

第一章

【原文】

孟子曰："离娄①之明，公输子②之巧，不以规矩③，不能成方员；师旷④之聪，不以六律⑤，不能正五音⑥；尧、舜之道，不以仁政，不能平治天下⑦。今有仁心仁闻⑧，而民不被其泽，不可法于后世者，不行先王之道也⑨。故曰：'徒善不足以为政，徒法不能以自行。'⑩《诗》⑪云：'不愆不忘，率由旧章。⑫'遵先王之法而过者，未之有也。圣人既竭目力焉，继之以规矩准绳以为方员平直，不可胜用也；既竭耳力焉，继之以六律正五音，不可胜用也；既竭心思焉，继之以不忍人之政，而仁覆天下矣⑬。故曰：为高必因丘陵，为下必因川泽⑭。为政不因先王之道，可谓智乎⑮？是以惟仁者⑯宜在高位；不仁而在高位，是播其恶于众⑰也。上无道揆也，下无法守也，朝不信道，工不信度，君子犯义，小人犯刑；国之所存者幸也[18]。故曰：城郭不完，兵甲不多，非国之灾也；田野不辟[19]，货财不聚，非国之害也。上无礼，下无学，贼民兴，丧无日矣[20]。《诗》[21]曰：'天之方蹶，无然泄泄。[22]'泄泄，犹沓沓也[23]。事君无义，进退无礼，言则非[24]先王之道者，犹沓沓也。故曰：责难于君谓之恭，陈善闭邪谓之敬，吾君不能，谓之贼。"

【注释】

①离娄，古之明目者。

②公输子，名班，鲁之巧人也。

③规，所以为圆之器也。矩，所以为方之器也。

④师旷，晋之乐师，知音者也。

⑤六律，截竹为筒，阴阳各六，以节五音之上下：黄钟、太簇、姑洗，蕤宾、夷刚、无射为阳，大吕、夹钟、仲吕、林钟、南吕、应钟为阴也。

⑥五音，宫、商、角、徵、羽也。

⑦范氏曰："此言治天下不可无法度。仁政者，治天下之法度也。"

⑧仁心，爱人之心也。闻，去声。仁闻者，有爱人之声闻于人也。

⑨先王之道，仁政是也。范氏曰："齐宣王不忍一牛之死，以羊易之，可谓有仁心；梁武帝终日一食蔬素，宗庙以面为牺牲，断死刑必为之涕泣，天下知其慈仁，可谓有仁闻。然而宣王之时，齐国不治；武帝之末，江南大乱：其故

何哉？有仁心仁闻而不行先王之道故也"

⑩徒，犹空也。有其心，无其政，是谓徒善；有其政，无其心，是谓徒法。程子尝言为政须要有纲纪文章，谨权审量，读法平价，皆不可阙。而又曰，必有《关雎》《麟趾》之意，然后可以行《周官》之法度。正谓此也。

⑪诗，《大雅·假乐》之篇。

⑫愆，过也。率，循也。章，典法也。所行不过差、不遗忘者，以其循用旧典故也。

⑬准，所以为平。绳，所以为直。胜，平声。覆，被也。此言古之圣人既竭耳目心思之力，然犹以为未足以遍天下、及后世，故制为法度以继续之，则其用不穷，而仁之所被者广矣。

⑭丘陵本高，川泽本下。为高下者因之，则用力少而成功多矣。

⑮邹氏曰："自章首至此，论以仁心仁闻行先王之道。"

⑯仁者，有仁心仁闻，而能扩而充之，以行先王之道者也。

⑰播恶于众，谓贻患于下也。

⑱此言不仁而在高位之祸也。道，义理也。揆，度也。法，制度也。道揆，谓以义理度量事物而制其宜。法守，谓以法度自守。朝，音潮。工，官也。度，即法也。君子小人，以位而言也。由上无道揆，故下无法守。无道揆，则朝不信道，而君子犯义；无法守，则工不信度，而小人犯刑。有此六者，其国必亡；其不亡者，侥幸而已。

⑲辟，与僻同。

⑳上不知礼，则无以教民。下不知学，则易与为乱。丧，去声。邹氏曰："自'是以惟仁者'至此，所以责其君。"

㉑《诗》，《大雅·板》之篇。

㉒蹶，居卫反，音贵。颠覆之意。泄，弋制反。泄泄，怠缓悦从之貌。言天欲颠覆周室，君臣无得泄泄然不急救正之。

【译文】

孟子说："即使有离娄那样的眼力，公输班那样的技巧，如果不使用圆规曲尺，也不能准确地画出方形和圆形；即使有师旷那样的耳力，如果不使用六律，也不能校正五音；即使有尧、舜那样的治理之道，如果不施行仁政，也不能把天下治理好。现在的诸侯虽然有仁爱的心愿和仁爱的声望，但百姓却受不到他的恩泽，他们的政治也不值得后代效法，是因为他们没有实行先王之道。因此说，只有好的愿望还不足以为政，只有好的办法，但它不能自己实行。《诗经》上说：'不可偏离，不可遗忘，一切遵从传统的规章。'遵从先王的法度而犯了错误，这是从来没有过的事。圣人既竭尽眼力，又用圆规、曲尺、水准、绳墨制造出方圆平直各种形状的东西，这些东西便会多得使用不尽；圣人既已竭尽耳力，又用六律校正五音，这样各种音调也就运用无穷；圣人既已竭尽心力，又实行仁政，这样仁爱便会充满天下。因此说，筑高台一定要倚靠丘陵，挖深池一定要凭借水泽。治理天下不依据先王之道，能说是明智吗？因此，只有仁者才应该居于统治地位。如果不仁者占据统治地位，就会把他的罪恶传播给

辞禄万钟

民众。要是在上的缺乏道德准则，在下的缺乏法律规范，朝廷不守道义，工匠不守法度，君子违犯义理，小人触犯刑法；那么国家还能存在，那真是太侥幸了。所以说，城墙不坚固，军备不充足，并不是国家的灾祸；田野不开垦，物资不充裕，并不是国家的祸害。在上者缺乏礼义，在下者缺乏教育，作乱的人都起来了，国家的灭亡也就快了。《诗经》上说：'上天正在动，不要这样多言。'多言即啰唆。事君没有义，进退没有礼，说话便诋毁先王之道，这样就叫做"唠唠叨叨"。所以说，用仁政来要求君王叫做'恭'，向君王陈述善事而抑制其邪念叫做'敬'；如果认为君王不能行仁政、为善事就不去劝告，便叫做'贼'"。

第二章

【原文】

　　孟子曰："规矩，方员之至也；圣人，人伦之至也[1]。欲为君，尽君道；欲为臣，尽臣道：二者皆法尧、舜而已矣[2]。不以舜之所以事尧事君，不敬其君者也；不以尧之所以治民治民，贼其民者也。孔子曰：'道二，仁与不仁而已矣。[3]'暴其民甚，则身弑国亡；不甚，则身危国削。名之曰'幽厉'，虽孝子慈孙，百世不能改也[4]。《诗》[5]云：'殷鉴不远，在夏后之世，'此之谓也。[6]"

【注释】

①至，极也。人伦，说见前篇。规矩尽所以为方圆之理，犹圣人尽所以为人之道。

②法尧、舜以尽君臣之道，犹用规矩以尽方圆之极，此孟子所以道性善而称尧、舜也。

③法尧、舜，则尽君臣之道而仁矣；不法尧、舜，则慢君贼民而不仁矣。二端之外，更无他道。出乎此，则入乎彼矣。可不谨哉？

④幽，暗；厉，虐：皆恶谥也。苟得其实，则虽有孝子慈孙，爱其祖考之甚者，亦不得废公义而改之。言不仁之祸必至于此，可惧之甚也。

⑤诗，《大雅·荡》之篇。

⑥言商纣之所当鉴者，近在夏桀之世，而孟子引之，又欲后人以幽、厉为鉴也。

【译文】

孟子说："圆规和曲尺，是方圆的标准，圣人是为人的标准。要当君主，须尽君主之道；要做臣子，须尽臣子之道，两者都仿效尧舜就成了。不用舜侍奉尧的态度去侍奉君主，就是对他的君主不恭敬；不用尧管理百姓的态度去治理百姓，便是坑害了他的百姓。孔子说：'治国之道有两种，仁和不仁罢了。'对百姓残暴苛刻太厉害，就会身死国亡；不太厉害，也会自身难保国力减弱，死后的谥号也只能恶名叫做'幽'，'厉'之类，即便有孝子慈孙，历百代也不能更

改。《诗经》中说：'殷商可以借鉴的教训并不远，就是前一代的夏朝。'说的正是这个意思。"

第三章

【原文】

孟子曰："三代之得天下也，以仁；其失天下也以不仁①。国②之所以废兴存亡者，亦然。天子不仁，不保四海；诸侯不仁，不保社稷；卿大夫不仁，不保宗庙；士庶人不仁，不保四体③。今恶④死亡而乐⑤不仁，是犹恶醉而强⑥酒。"

【注释】

①三代，谓夏、商、周也。禹、汤、文、武，以仁得之；桀、纣、幽、厉，以不仁失之。

②国，谓诸侯之国。

③言必死亡。

④恶，去声。

⑤乐，音洛。

⑥强，上声。

【译文】

孟子说："夏、商、周三代能够得到天下是因为行仁政，它们丧失天下是因为不行仁政。诸侯国家的衰落与兴盛、生存和覆灭也是同样的道理。天子不仁，就保不住天下；诸侯不仁，就保不住国家；卿大夫不仁，就保不住宗庙；士和百姓不仁，就保不全生命。现在有人害怕死亡而喜欢不仁，这就好像害怕醉倒却偏要勉强喝酒一样。"

第四章

【原文】

孟子曰："爱人不亲反其仁，治人不治反其智，礼人，不答反其敬①。行有不得者，皆反求诸己。其身正而天下归之②。《诗》云：'永言配命，自求多福。'"

【注释】

①"治人"之治，阴平；"不治"之治，去声。我爱人，而人不亲我，则反求诸己，恐我之仁未至也。"智"，"敬"，放此。

②不得，谓不得其所欲，如"不亲"、"不治"、"不答"是也。反求诸己，谓"反其仁"、"反其智"、"反其敬"也。如此，则其自治益详，而身无不正矣。天下归之，极言其效也。

【译文】

　　孟子说："仁爱别人却得不到亲近，应反问自己仁爱是否做得够；治理民众却得不到业绩，应反问自己智商是否展现高；礼待别人却得不到回报，应反问自己恭敬是否表现诚。凡是自己所做的得不到应有的效果，都要返回来从自身寻求原因，自身端正做对了，天下的人自然会归向自己。《诗经》里说：'永远修德遵天命，多福还靠自身求。'"

第五章

【原文】

　　孟子曰："人有恒言，皆曰'天下国家'。天下之本在国，国之本在家，家之本在身。"①

【注释】

　　①恒，胡登反。常也。虽常言之，而未必知其言之有序也，故推言之，而又以家本乎身也。此亦承上章而推言之。《大学》所谓"自天子至于庶人，壹是皆以修身为本"，为是故也。

【译文】

　　孟子说："人们有句常说的话，都说'天下国家'。可见天下的根本在于国，国的根本在于家，家的根本则在于个人。"

第六章

【原文】

孟子曰："为政不难，不得罪于巨室①。巨室之所慕，一国慕之；一国之所慕，天下慕之。故沛然德教溢乎四海。②"

【注释】

①巨室，世臣大家也。得罪，谓身不正而取怨怒也。麦丘邑人祝齐桓公曰："愿主君无得罪于群臣百姓。"意盖如此。

②慕，向也，心悦诚服之谓也。沛然，盛大流行之貌。溢，充满也。盖巨室之心，难以力服，而国人素所取信。今既悦服，则国人皆服，而吾德教之所施，可以无远而不至矣。此亦承上章而言。盖君子不患人心之不服，而患吾身之不修。吾身既修，则人心之难服者先服，而无一人之不服矣。

【译文】

孟子说："治理国政并不难，不要得罪世家大族。世家大族所仰慕的，整个国家就会仰慕；整个国家所仰慕的，普天之下就会仰慕，因此德教仁政就会声势浩大、不可阻挡地充满天下各个地方。"

第七章

【原文】

孟子曰："天下有道，小德役大德，小贤役大贤；天下无道，小役大，弱役强①。斯二者天②也。顺天者存，逆天者亡。齐景公曰：'既不能令，又不受命，是绝物也。③'涕出而女于吴④。今也小国师大国而耻受命焉，是犹弟子而耻受命于先师也⑤。如耻之，莫若师文王。师文王，大国五年，小国七年，必为政于天下矣⑥。《诗》云：'商之孙子，其丽不亿。上帝既命，侯于周服。侯服于周，天命靡常。殷士肤敏，裸将于京。'孔子曰：'仁不可为众也。夫国君好仁，天下无敌。⑦'今也，欲无敌于天下而不以仁⑧，是犹执热而不以濯也。《诗》⑨云：'谁能执热，逝不以濯？'⑩"

【注释】

①有道之世，人皆修德，而位必称其德之大小；天下无道，人不修德，则但以力相役而已。

②天者，理势之当然也。

③引此以言小役大、弱役强之事也。令，出令以使人

也。受命，听命于人也。物，犹人也。

④女，去声。以女与人也。吴，蛮夷之国也。景公羞与为昏而畏其强，故涕泣而以女与之。

⑤言小国不修德以自强，其般乐怠敖皆若效大国之所为者，而独耻受其教命，不可得也。

⑥此因其愧耻之心而勉以修德也。文王之政，布在万策，举而行之，所谓师文王也。五年、七年，以其所乘之势不同为差。盖天下虽无道，然修德之至，则道自我行，而大国反为吾役矣。

⑦诗，《大雅·文王》之篇。孟子引此诗及孔子之言，以言文王之事。丽，数也。十万曰亿。侯，维也。商士，商孙子之臣也。肤，大也。敏，达也。裸，音灌。宗庙之祭，以郁鬯之酒灌地而降神也。将，助也。言商之孙子众多，其数不但十万而已。上帝既命周以天下，则凡此商之孙子，皆臣服于周矣。所以然者，以天命不常，归于有德故也。是以商士之肤大而敏达者，皆执裸献之礼，助王祭事于周之京师也。孔子因读此诗，而言有仁者，则虽有十万之众，不能当之。故国君好仁，则必无敌于天下也。不可为众，犹所谓难为兄难为弟云尔。夫，音扶。好，去声。

⑧耻受命于大国，是欲无敌于天下也。乃师大国而不师文王，是不以仁也。

⑨《诗》，《大雅·桑柔》之篇。

⑩逝，语词也，言谁能执持热物，而不以水自濯其手乎？此章言不能自强，则听天所命；修德行仁，则天命在我。

【译文】

　　孟子说："天下政治清明之时，道德不很高尚的人就会受德高望重的人影响，大不贤明的人就会追随贤明能干的人；而政治混乱之时，力量小的就被力量强大的支配，弱小的就受命于强盛的。这两种情况都是天意。顺从天意就可以生存下去，反之就会灭亡。齐景公曾说过：'既然无法命令别人，又不愿受别人支配，这是绝路一条呵！'因此只好流着泪把自己的女儿嫁到吴国去。现在弱小的国家向强大的国家学习，却认为听命于大国是耻辱的事，这就好比学生以听从老师的命令为耻一样。如果认为这是耻辱的事，不如向文王学习。以周文王为师（施行仁政），大国只需五年时间，小国只需要七年时间，就一定可以获得治理天下的政治力量。《诗经·大雅·文王》篇里说：'商代的子孙，数目哪里只有十万。上帝已经授命文王一统天下，他们就都成为周朝的臣下。商代子孙却都成了周朝的臣民，可见天意也不是（在外在形式上）固定不变的。殷代的臣子都美丽睿智，却执行灌酒求神的礼仪助祭于周都镐京。'孔子也说过：'仁的力量，是不能凭人多来计算的。君主如果尊崇仁义，普天下就没有谁是他的对手。'现在许多诸侯想无敌于天下，却不遵循仁义之道，这就好比热得厉害却又不去洗澡一样。《诗经·大雅·桑柔》篇里说过：'谁能够热得厉害，却不去洗澡呢？'"

第八章

【原文】

孟子曰："不仁者可与言哉？安其危而利其灾，乐其所以亡者。不仁而可与言，则何亡国败家之有[1]？有孺子歌曰：'沧浪[2]之水清兮，可以濯我缨[3]；沧浪之水浊兮，可以濯我足。'孔子曰：'小子听之：清斯濯缨，浊斯濯足矣。自取之也。[4]'夫[5]人必自侮，然后人侮之；家必自毁，而后人毁之；国必自伐，而后人伐之[6]。太甲曰：'天作孽，犹可违；自作孽，不可活。[7]'此之谓也。"[8]

【注释】

①菑，与灾同。安其危、利其灾者，不知其为危灾，而反以为安利也。乐，音洛。所以亡者，谓荒淫暴虐，所以致亡之道也。不仁之人，私欲固蔽，失其本心，故其颠倒错乱，至于如此，所以不可告以忠言，而卒至于败亡也。

②浪，音郎。沧浪，水名。

③缨，冠系也。

④言水之清浊，有以自取之也。圣人声入心通，无非至理，此类可见。

⑤夫，音扶。

⑥所谓自取之者。

⑦解见前篇。

⑧此章言心存则有以审夫得失之几；不存则无以辨于存亡之著。祸福之来，皆其自取。

【译文】

孟子说："不仁的人可以与他交谈吗？他们苟安于自身的危险，贪利于自身的灾祸，耽乐于导致自身灭亡的事。不仁的人可以与之交谈，那怎么会有亡国败家的事呢？有个孩子唱道：'清澈的沧浪水啊，能用来洗我的冠缨；浑浊的沧浪水啊，能用来洗我的双脚。'孔子说：'后生们听着！清的水洗冠缨，浊的水洗双脚，都是水自身招致的。'人必定自辱了才有他人来侮辱，家必定自毁了才有他人来毁灭，国必定自伐了才有他人来讨伐。《太甲》说'上天降灾还可躲开，自己作孽无法逃避'，就是这个意思。"

第九章

【原文】

孟子曰："桀、纣之失天下也，失其民也。失其民者，失其心也。得天下有道：得其民，斯得天下矣。得其民有道：得其心，斯得民矣。得其心有道：所欲与之聚之，所恶勿施尔也①。民之归仁也，犹水之就下，兽之走圹也②。故为渊殴鱼者，獭也；为丛殴爵者，鹯也；为汤武殴民者，桀与纣也③。今天下之君有好仁者，则诸侯皆为之敺矣；虽欲无王④，不可得已。今之欲王者，犹七年之病求三年之艾也。苟为不畜，终身不得⑤。苟不志于仁，终身忧辱，以陷于死亡。《诗》⑥云：'其何能淑？载胥及溺。⑦'此之谓也。"

【注释】

①恶，去声。民之所欲，皆为致之，如聚敛然。民之所恶，则勿施于民。晁错所谓"人情莫不欲寿，三王生之而不伤；人情莫不欲富，三王厚之而不困；人情莫不欲安，三王扶之而不危；人情莫不欲逸，三王节其力而不尽"，此类之谓也。

②走，音奏。圹，广野也。言民之所以归乎此，以其所欲之在乎此也。

③为，去声。渊，深水也。軀，与驱同。獭。音闼。食鱼者也。丛，茂林也。爵，与雀同。鹯，鹯，诸延反。食雀者也。言民之所以去此，以其所欲在彼而所畏在此也。

④好、为、王，皆去声。

⑤王，去声。艾，草名，所以灸者，干久益善。夫病已深而欲求干久之艾，固难卒办，然自今畜之，则犹或可及；不及，则病日益深，死日益迫而艾终不可得矣。

⑥《诗》，《大雅·桑柔》之篇。

⑦淑善也。载，则也。胥，相也。言今之所为，其何能善，则相引以陷于乱亡而已。

【译文】

　　孟子说："夏桀、殷纣的丧失天下，由于失去了天下的民众；之所以失去了天下的民众，是因为失去了他们的心，取得天下是有途径的，得到了天下的民众就取得了天下；得到天下的民众是有途径的，获得了他们的心就得到了天下的民众；获得民众的心是有途径的，他们想要的让他们积蓄起来，他们憎恶的不强加给他们，如此而已。民众归附仁政，犹如水往低处流、兽往旷野跑一样。所以，为渊水把鱼儿驱赶来的是水獭，为丛林把鸟雀驱赶来的是鹯鹰，为成汤、武王把民众驱赶来的是夏桀和殷纣。现今天下若有喜好仁的国君，诸侯们都会为他驱赶民众，即使不想称王天下也是做不到的。现今那些要称王天下的人，好比患了七年的病要寻求三年的艾草来医治，假如不去栽培，是一辈子也找不到的。如果无意于仁政，就会一辈子忧患受辱，以至陷入死亡的境地。《诗》说'他们怎么能善处，牵扯着溺入水中'，就是这个意思。"

第十章

【原文】

　　孟子曰："自暴者，不可与有言也；自弃者，不可与有为也。言非礼义，谓之自暴也；吾身不能居仁由义，谓之自弃也①。仁，人之安宅也②。义，人之正路也③。旷④安宅而弗居，舍⑤正路而不由⑥，哀哉！"

【注释】

①暴，犹害也。非，犹毁也。自害其身者，不知礼义之为美而非毁之，虽与之言，必不见信也；自弃其身者，犹知仁义之为美，但溺于怠惰，自谓必不能行，与之有为，必不能勉也。程子曰："人苟以善自治，则无不可移者，虽昏愚之至，皆可渐磨而进也。惟自暴者拒之以不信，自弃者绝之以不为，虽圣人与居，不能化而入也。此所谓'下愚之不移'也。"

②仁宅已见前篇。

③义者，宜也。乃天理之当行，无人欲之邪曲，故曰正路。

④旷，空也。

⑤舍，上声。

⑥由，行也。

【译文】

孟子说："自己残害自己的人，不能和他一起交谈；自己抛弃自己的人，不能和他共同做事。一开口讲话就破坏礼义，这就叫做自己残害自己；自己认为不能以仁居心，不能以义行动，这就叫做自己抛弃自己。仁是人类最安心的归宿，义是人类最正确的道路。让最安心的归宿处空着而不去居住，把最正确的道路舍弃而不去行走，不是很可悲的吗！"

第十一章

【原文】

孟子曰："道在尔而求诸远，事在易而求之难。人人亲其亲，长其长，而天下平。"①

【注释】

①尔，迩，古字通用。易，去声。长，上声。亲、长在人为甚迩，亲之长之在人为甚易，而道初不外是也，舍此而他求，则远且难而反失之。但人人各亲其亲，各长其长，则天下自平矣。

【译文】

孟子说："道理在近处却往远处寻求，事情本来很容易却往难处去做。每个人只要亲近自己的父母，尊敬自己的长辈，天下就能够太平了。"

第十二章

【原文】

孟子曰："居下位而不获于上，民不可得而治也。获于上有道：不信于友，弗获于上矣；信于友有道：事亲弗悦，弗信于友矣；悦亲有道：反身不诚，不悦于亲矣；诚身有道：不明乎善，不诚其身矣①。是故诚者，天之道也；思诚者，人之道也②。至诚而不动者，未之有也；不诚，未有能动者也③。"

【注释】

①获于上，得其上之信任也。诚，实也。反身不诚，反求诸身，而其所以为善之心有不实也。不明乎善，不能即事以穷理，无以真知善之所在也。游氏曰："欲诚其意，先致其知。不明乎善，不诚乎身矣。学至于诚身，则安往而不致其极哉？以内则顺乎亲，以外则信乎友，以上则可以得君，以下则可以得民矣。"

②诚者，理之在我者皆实而无伪，天道之本然也。思诚者，欲此理之在我者皆实而无伪，人道之当然也。

③至，极也。

正告充虞

【译文】

孟子说："职位低下又得不到上级的信任，就不能把老百姓治理好。要得到上级的信任有办法，如果不能得到朋友的信任，也就不能得到上级的信任了。要得到朋友的信任也有办法，如果侍奉父母而不能得到父母的欢心，也就不能得到朋友的信任了。要得到父母的欢心也有办法，如果反躬自问而心意不诚，也就不能得到父母的欢心了。要使自己诚心诚意也有办法，如果不明白什么是善，也就不能使自己诚心诚意了。所以诚是自然的规律；追求诚是做人的道理。如果心诚到了极点而不能使别人感动，是从来没有过的；如果心不诚是不可能使别人感动的。"

第十三章

【原文】

孟子曰："伯夷辟纣，居北海之滨，闻文王作，兴曰：'盍归乎来！吾闻西伯善养老者。'太公辟纣，居东海之滨，闻文王作，兴曰：'盍归乎来！吾闻西伯善养老者。[1]'二老[2]者，天下之大老[3]也。而归之，是天下之父归之也。天下之父归之，其子焉往[4]？诸侯有行文王之政者，七年[5]之内，必为政于天下矣。"

【注释】

①辟，去声。作、兴，皆起也。盍，何不也。西伯，即文王也，纣命为西方诸侯之长，得专征伐，故称西伯。太公，姜姓，吕氏，名尚。文王发政，必先鳏寡孤独，庶人之老，皆无冻馁，故伯夷、太公来就其养，非求仕也。

②二老，伯夷、太公也。

③大老，言非常人之老者。

④焉，于虔反。"天下之父"，言齿德皆尊，如众父然。既得其心，则天下之心不能外矣。萧何所谓养民致贤以图天下者，暗与此合，但其意则有公私之辨，学者又不可以不察也。

⑤"七年"，以小国而言也。大国五年，在其中矣。

【译文】

孟子说："伯夷为躲避商纣的暴政，住在渤海边上，听说周文王西伯兴起，站起来说：'为什么不去呢！我听说西伯善于供养老人。'姜太公为躲避商纣暴政，隐居在东海边上，听说周文王西伯兴起了，站起来说：'为什么不去呢！我听说西伯善于供养老人。'这两位老人，是天下受人尊敬的老人，他们归顺周文王，就等于天下人的老父亲归顺周文王。天下人的老父亲能归顺，他们的儿子还能到哪里去呢？现在的国君要是能学习周文王的执政方法，七年之内，一定能统一天下。"

第十四章

【原文】

孟子曰："求也为季氏宰①，无能改于其德，而赋粟倍他日②。孔子曰：'求非我徒也，小子鸣鼓而攻之③可也。'由此观之，君不行仁政而富之，皆弃于孔子者也，况于为④之强战？争地以战，杀人盈野；争城以战，杀人盈城：此所谓率土地而食人肉，罪不容于死⑤。故善战⑥者服上刑；连诸侯⑦者次之，辟⑧草莱，任土地⑨者次之。"

【注释】

①求，孔子弟子冉求。季氏，鲁卿。宰，家臣。

②赋，犹取也。取民之粟，倍于他日也。

③小子，弟子也。鸣鼓而攻之，声其罪而责之也。

④为，去声。

⑤林氏曰："富者君者，夺民之财耳，而夫子犹恶之。况为土地之故而杀人，使其肝脑涂地，则是率土地而食人之肉。其罪之大，虽至于死，犹不足以容之也。"

⑥善战，如孙膑、吴起之徒。

⑦连结诸侯，如苏秦、张仪之类。

⑧辟，与僻同，开垦也。

⑨任土地，谓分土授民，使任耕稼之责，如李悝尽地

力，商鞅开阡陌之类也。

【译文】

　　孟子说：“冉求做季氏的家臣，不仅不能改变季氏的德行，向老百姓征收的粮食还超过过去的一倍。孔子就说：‘冉求已不算是我的学生，你们大张旗鼓地批判他吧。’从这话看，统治者不行仁政，但有人还要帮统治者聚敛财富，这样的人都会被孔子抛弃，更何况替君主出力去打仗的人呢？为争夺土地发动的战争，往往杀得血流遍野；为争夺城市发动的战争，往往城中堆满了死尸：这就是人们所说的带领土地去吃人肉，这些人死有余辜。所以会打仗的应该受最严厉的刑罚，让诸侯联合起来进行战争的应该受略为轻一些的刑罚，帮助国君开辟荒地，提高生产而聚敛财富的应该受再略轻的刑罚。”

第十五章

【原文】

　　孟子曰：“存乎人者，莫良①于眸子②。眸子不能掩其恶：胸中正，则眸子瞭焉；胸中不正，则眸子眊焉③。听其言也，观其眸子，人焉廋哉？④”

【注释】

①良，善也。

②眸，音牟。眸子，目瞳子也。

③瞭，音了。明也。眊，音耄。眊者，蒙蒙目不明之貌。盖人与物接之时，其神在目，故胸中正，则神精而明；不正，则神散而昏。

④焉，于虔反。廋，音搜。匿也。言亦心之所发，故并此以观，则人之邪正不可匿矣。然言犹可以伪为，眸子则有不容伪者。

【译文】

孟子说："人的身上，没有比眼睛能更好地反映一个人。一个人的眼睛掩盖不了他实际上的缺点。心中正派，眼睛就明亮；心中不正派，眼睛就含混不清。听一个人说话，又观察他的眼睛，人们怎么样能隐藏住自己呢？"

第十六章

【原文】

孟子曰："恭者不侮人，俭者不夺人。侮夺人之君，惟恐不顺①焉，恶②得为恭俭？恭俭岂可以声音笑貌③为哉？"

【注释】

①“惟恐不顺”，言恐人之不顺己。

②恶，阴平。

③“声音笑貌”，伪为于外也。

【译文】

孟子说：“谦恭者不欺侮他人，俭朴者不掠夺他人。欺侮、掠夺他人的国君，唯恐别人不顺从他，怎么做得到谦恭和节俭呢？谦恭和节俭难道可以只用言辞和笑脸表现吗？”

第十七章

【原文】

淳于髡①曰：“男女授受不亲②，礼与③？”孟子曰：“礼也。”曰：“嫂溺，则援④之以手乎？”曰：“嫂溺不援，是豺狼也。男女授受不亲，礼也；嫂溺援之以手者，权⑤也。”曰：“今天下溺矣，夫子之不援，何也？⑥”曰：“天下溺，援之以道；嫂溺，援之以手。子欲手援天下乎？”⑦

【注释】

①淳于，姓；髡，名。齐之辩士。

②授，与也。受，取也。古礼：男女不亲授受，以远

别也。

③与，阴平。

④援，音爱。救之也。

⑤权，称锤也，称物轻重而往来以取中者也。权而得中，是乃礼也。

⑥言今天下大乱，民遭陷溺，亦当从权以援之，不可守先王之正道也。

⑦言天下溺，惟道可以救之，非若嫂溺可手援也。今子欲援天下，乃欲使我枉道求合，则先失其所以援之之具矣，是欲使我以手援天下乎？

【译文】

淳于髡说："男女间不亲手递接东西，是礼吗？"

孟子说："是礼。"

淳于髡说："如果嫂子落水，要伸手救她吗？"

孟子说："见嫂嫂落水而不拉起她，简直是豺狼。男女间不亲手递接东西，是礼的规定；嫂子落水而伸手拉她起来，是变通的办法。"

淳于髡说："如今天下人都落水了，夫子却不施以援手，这是为什么呢？"

孟子说："天下人落水，应当以道来拯救；嫂子落水，用手去搭救——难道您能用手来拯救天下吗？"

第十八章

【原文】

公孙丑曰："君子之不教子①，何也？"孟子曰："势不行也。教者必以正。以正不行，继之以怒。继之以怒，则反夷矣②。'夫子教我以正，夫子未出于正也。'则是父子相夷也③。父子相夷，则恶矣。古者易子而教之④。父子之间不责善⑤。责善则离，离则不祥莫大焉。"

【注释】

①不亲教也。

②夷，伤也。教子者，本为爱其子也；继之以怒，则反伤其子矣。

③父既伤其子，子之心又责其父曰："夫子教我以正道，而夫子之身未必自行正道。"则是子又伤其父也。

④易子而教，所以全父子之恩，而亦不失其为教。

⑤责善，朋友之道也。

【译文】

公孙丑说："君子不亲自教育儿子，为什么呢？"

孟子说："情势上行不通。执教者必定要用正道（来管教）；用正道没有成效就会发怒。发怒就会伤害父子感情，

'大人以正道教我，自己却不按正道行事。'这样父子间就伤了感情。父子间伤感情就不好。古时候交换儿子来进行教育，父子之间不以善相责备。以善相责备彼此就会产生隔阂，有隔阂是最不好的事。"

第十九章

【原文】

　　孟子曰："事孰为大？事亲为大；守孰为大？守身为大。不失其身而能事其亲者，吾闻之矣；失其身而能事其亲者，吾未之闻也①。孰不为事？事亲，事之本也；孰不为守？守身，守之本也②。曾子养曾晳，必有酒肉。将彻，必请所与。问有余？必曰：'有。'曾晳死，曾元养曾子，必有酒肉。将彻，不请所与。问有余？曰：'亡矣。'将以复进也。此所谓养口体者也。若曾子，则可谓养志也③。事亲若曾子者，可也。"

【注释】

　　①守身，持守其身，使不陷于不义也。一失其身，则亏体辱亲，虽日用三牲之养，亦不足以为孝矣。

　　②事亲孝，则忠可移于君，顺可移于长；身正，则家齐国治而天下平。

　　③养，上声。复，扶又反。此承上文事亲言之。曾元，

呂不韋像

名点，曾子父也。曾元，曾子子也。曾子养其父，每食必有酒肉。食毕将撤去，必请于父曰："此余者与谁？"或父问此物尚有余否，必曰"有"，恐亲意更欲与人也。曾元不请所与，虽有言元，其意将以复进于亲，不欲其与人也。此但能养父母之口体而已，曾子则能承顺父母之志，而不忍伤之也。

④言当如曾子之养志，不可如曾元但养口体。

【译文】

孟子说："侍奉谁最重要？侍奉父母最重要。守护什么最重要？守护自己（的良心）最重要。不失去自己的良心又能侍奉父母的，我听说过；失去了良心又能侍奉父母的，我没有听说过。侍奉的事都应该做，但侍奉父母是根本；守护的事都应该做，但守护自己的良心是根本。从前曾子奉养他的父亲曾晳，每餐一定都有酒有肉；撤席时一定要问剩下的给谁。曾晳若问是否还有剩余，一定答道：'还有。'曾晳死了，曾元养曾子，也一定有酒有肉；撤席时便不问剩下的给谁了；曾子若问是否还有剩余，便说，'没有了。'准备下餐再给曾子吃。这个叫作口体之养。至于曾子，才可以叫作顺从亲意之养。侍奉父母能做到像曾子那样，就可以了。"

第二十章

【原文】

　　孟子曰：“人不足与适也，政不足间也。惟大人为能格君心之非。君仁莫不仁，君义莫不义，君正，莫不正。一正君而国定矣。”①

【注释】

　　①适，去声。

【译文】

　　孟子说：“当政的小人不值得去谴责，他们的政治也不值得去非议；只有大人才能够纠正君主的不正确思想。君主仁，没有人不仁；君主义，没有人不义；君主正，没有人不正。一把君主端正了，国家也就安定了。”

第二十一章

【原文】

　　孟子曰：“有不虞之誉，有求全之毁。”①

【注释】

①虞，度也。

【译文】

孟子说："有意料不到的赞扬，也有过于苛求的诋毁。"

第二十二章

【原文】

孟子曰："人之易其言也，无责耳矣。"

【译文】

孟子说："说话太随便，这人便不值得责备了。"

第二十三章

【原文】

孟子曰："人之患，在好为人师。"

【译文】

孟子说："人的毛病在喜欢做别人的老师。"

第二十四章

【原文】

乐正子从于子敖[1]之齐。乐正子见孟子，孟子曰："子亦来见我乎？"曰："先生何为出此言也？"曰："子来几日矣？"曰："昔者。"曰："'昔者'，则我出此言也，不亦宜乎？"曰："舍馆未定。"曰："子闻之也，舍馆定，然后求见长者乎？"[2]曰："克有罪。"

【注释】

①子敖，王𬴊字。

②昔者，前日也。馆，客舍也。长，上声。王𬴊，孟子所不与言者，则其人可知矣。乐正子乃从之行，其失身之罪大矣，又不早见长者，则其罪又有甚者焉，故孟子姑以此责之。

【译文】

乐正子跟着王子敖到了齐国。

乐正子去拜见孟子。孟子问："你也来看我吗？"

乐正子答："老师为什么这样说呢？"

孟子问："你来了几天了？"

答道："昨天来的。"

孟子又问："既然昨天来的，那么，我说这话不是很应该吗？"

乐正子说："住所没有找好。"

孟子说："你听说过，要等住所找好了才去拜见长辈吗？"

乐正子说："我错了。"

第二十五章

【原文】

孟子谓乐正子曰："子之从于子敖来，徒铺啜也。"我不意子学古之道，而以铺啜也！"①

【注释】

①徒，但也。铺，博孤反。食也。啜，昌悦反。啜，昌悦反，饮也。言其不择所从，但求食耳。此乃正其罪而切责之。

【译文】

孟子对乐正子说："你跟随着王子敖来，只是为着吃喝罢了。我没想到你学习古人的大道，竟然是为了吃喝。”

第二十六章

【原文】

孟子曰：“不孝有三，无后为大[1]。舜不告而娶，为无[2]后也，君子以为犹告也。[3]”

【注释】

[1]赵氏曰：“于礼有不孝者三事：谓阿意曲从，陷亲不义，一也；家贫亲老，不为禄仕，二也；不娶无子，绝先祖祀，三也。三者之中，无后为大。”

[2]“为无”之为，去声。

[3]舜告焉则不得娶，而终于无后矣。告者礼也，不告者权也。犹告，言与告同也。盖权而得中，则不离于正矣。

【译文】

孟子说：“不孝顺的情况有三种，其中以没有子孙最大。舜不禀告父母就娶，是因为怕没有子孙后代。因此，君子认为这和禀告了父母是一样的。”

第二十七章

【原文】

　　孟子曰："仁之实，事亲是也；义之实，从兄是也[1]。智之实，知斯二者弗去是也[2]。礼之实，节文[3]斯二者是也；乐之实，乐斯二者，乐则[4]生矣；生则恶[5]可已也，恶可已则不知足之蹈之、手之舞之。[6]"

【注释】

　　[1]仁主于爱，而爱莫切于事亲；义主于敬；而敬莫先于从兄。故仁义之道，其用至广，而其实不越于事亲从兄之间。盖良心之发，最为切近而精实者。有子以孝弟为仁之本，其意亦犹此也。

　　[2]斯二者，指事亲从兄而言。知而弗去，则见之明而守之固矣。

　　[3]节文，谓品节文章。

　　[4]"乐斯"、"乐则"之乐，音洛。

　　[5]恶，阴平。

　　[6]乐则生矣。谓和顺从容，无所勉强，事亲从兄之意，油然而生，如草木之有生意也。既有生意，则其畅茂条达，自有不可遏者，所谓恶可已也。其又盛，则至于手舞足蹈而不自知矣。此章言事亲从兄，良心真切，天下之道，皆原于

此。然必知之明而守之固，然后节之密而乐之深也。

【译文】

孟子说："仁的实质，便是奉事父母；义的实质，便是顺从兄长；智的实质，便是透彻地了解这两者的道理而执着地守着它片刻不离；礼的实质，便是调节这两者，（既使它们不文过其实，又不失应有的礼仪）；乐的实质，便是喜爱这二者，快乐也就自然而然地产生了；快乐一产生就无法再遏止了，快乐无法遏止，就情不自禁地要手舞足蹈起来了。"

第二十八章

【原文】

孟子曰："天下大悦而将归己。视天下悦而归己犹草芥也，惟舜为然。不得乎亲，不可以为人；不顺乎亲，不可以为子①。舜尽事亲之道，而瞽瞍厎豫；瞽瞍厎豫，而天下化②；瞽瞍厎豫，而天下之为父子者定。此之谓大孝②。"

【注释】

①言舜视天下之归己如草芥，而惟欲得其亲而顺之也。得者，曲为承顺以得其心之悦而已。顺则有以谕之于道，心与之一而未始有违，尤人所难也。为人盖泛言之，"为子"则愈密矣。

过宋见贤

②瞽瞍，舜父名。厎，音止。厎，致也。豫，悦乐也。

【译文】

孟子说："天下的人都十分高兴，并且将要归附于自己；把天下的人悦服并将归附于自己，看得像草芥一样不那么重要，只有舜是这样。（在舜的眼中看来，）儿子与父母亲的关系相处得不好，不可以做人；儿子不能事事顺从父母亲的心意，便不成其为儿子。（因此，）舜尽了一切事亲之道，而使瞽瞍由不高兴到高兴了；瞽瞍由不高兴到高兴了，于是天下的人都受到了感化；瞽瞍由不高兴到高兴了，于是天下作为父子的伦常关系也从此确定了。这就叫作大孝。"

离娄下

第一章

【原文】

　　孟子曰："舜生于诸冯，迁于负夏，卒于鸣条，东夷之人也[1]。文王生于歧周[2]，卒于毕郢[3]，西夷之人也。地之相去也，千有余里；世之相后也，千有余岁。得志行乎中国[4]，若合符节[5]。先圣后圣，其揆一也。[6]"

【注释】

　　①诸冯、负夏、鸣条，皆地名，在东方夷服之地。

　　②歧周，歧山下周旧邑，近畎夷。

　　③毕郢，近丰镐，今有文王墓。

　　④"得志行乎中国"，谓舜为天子，文王为方伯，得行其道于天下也。

⑤符节，以玉为之，篆刻文字而中分之，彼此各藏其半，有故则左右相合以为信也。若合符节，言其同也。

⑥揆，度也。其揆一者，言度之而其道无不同也。

【译文】

孟子说："舜出生在诸冯，迁居到负夏，最后死在鸣条，是东方人。周文王出生在岐周，最后死在毕郢，是西方人。两个地方相距有一千多里；时代前后相隔一千多年。他们在中国实现自己的志向，就像符节一样相吻合，前代的圣君和后代的圣君，他们的道路都是相同的。"

第二章

【原文】

子产①听郑国之政，以其乘舆济人于溱、洧②。孟子曰："惠而不知为政③。岁十一月徒杠成，十二月舆梁成，民未病涉也④。君子平其政，行辟人可也，焉得人人而济之⑤？故为政者，每人而悦之，日亦不足矣。⑥"

【注释】

①子产，郑大夫，公孙侨也。

②乘，去声。溱，音臻。洧，音伟。溱、洧，二水名也。子产见人有徒涉此水者，以其所乘之车载而渡之。

③惠，谓私恩小利。政，则有公平正大之体，纲纪法度之施焉。

④周十一月，夏九月也。杠，音江，方桥也。徒杠，可通徒行者。周十二月，夏十月也。梁，亦桥也。舆梁，可通车舆者。《夏令》曰："十月成梁。"盖农功已毕，可用民力，又时将寒冱，水有桥梁，则民不患于徒涉，亦王政之一事也。

⑤辟，辟除也，如《周礼·阍人》为之辟之辟。焉，于虔反。言能平其政，则出行之际，辟除行人，使之避己，亦不为过。况国中之水，当涉者众，岂能悉以乘舆济之哉？

⑥言每人皆欲致私恩以悦其意，则人多日少，亦不足于用矣。诸葛武侯尝言"治世以大德，不以小惠"，得孟子之意矣。

【译文】

子产主持郑国的大政，用他所乘的车子帮助别人渡过溱水和洧水。孟子说："这只是小恩小惠，他并不懂得政治。如果在十一月修成能走人的桥；在十二月修成能走车的桥，百姓就不会再为渡河的事发愁了。君子只要把政治搞好，他外出时，鸣锣开道都可以，哪里用得着一个一个地帮助别人渡河呢？如果搞政治的人，要一个一个地去讨人欢心，时间就太不够用了。"

第三章

【原文】

　　孟子告齐宣王曰："君子视臣如手足，则臣视君如腹心。君之视臣如犬马，则臣视君如国人；君之视臣如土芥，则臣视君如寇雠。①"王曰："礼，为旧君有服。何如斯可为服矣？②"曰："谏行言听，膏泽下于民；有故而去，则君使人导之出疆③，又先于其所住④；去三年不反，然后收其田里⑤。此之谓三有礼焉。如此则为之服矣。今也为臣，谏则不行，言则不听，膏泽不下于民；有故而去，则君搏执之，又极之于其所⑥；去之日，遂收其田里。此之谓寇雠。寇雠何服之有？"

【注释】

　　①孔氏曰："宣王之遇臣下，恩礼衰薄，至于昔者所进，今日不知其亡。则其于群臣，可谓邈然无敬矣。故孟子告之以此。手足腹心，相待一体，恩义之至也。如犬马则轻贱之，然犹有豢养之恩焉。国人，犹言路人，言无怨无德也。土芥，则践踏之而已矣，斩艾之而已矣，其贱恶之又甚矣。寇仇之报，不亦宜乎？"

　　②为，去声，下"为之"同。《仪礼》曰："以道去君而未绝者，服齐衰三月。"王疑孟子之言太甚，故以此礼为问。

③导之出疆，防剽掠也。

④先于其所注，称道其贤，欲其收用之也。

⑤三年而后收其田禄里居，前此犹望其归也。

⑥极，穷也。

【译文】

孟子对齐宣王说："君王如果把臣下当作手足看待，那么臣下就会把君王当作腹心看待；君王如果把臣下当作狗、马看待，那么臣下就会把君王当作普通人看待；君王如果把臣下当作泥土和草芥看待，那么臣下就会把君王当作仇敌看待。"

齐宣王说："按照礼制，离了职的臣下还须对过去的君王服孝。应该怎样做才能让臣下为他服孝呢？"

答道："〔君王对臣下的〕劝谏能够实行，建议能够听从，恩惠能够施之于百姓；臣子因为有事需要离开，君王能派人引导他离开国境，并且先派人到他们所要去的地方作好安排；离开三年不回来，才收回他们的田地房产。这叫做三有礼。这样做，臣下就会为他服孝。如今作为臣下，劝谏不被接受，建议不被听从；恩惠照顾不到百姓；因为有事要离开，君王还把他们捆绑起来，并且在他去的那个地方使他处于穷困；刚离开的那一天，就收回他的土地房产。这叫做仇敌。既视为仇敌，臣下为什么还要服孝呢？"

第四章

【原文】

　　孟子曰："无罪而杀士，则大夫可以去；无罪而戮民，则士可以徙。"①

【注释】

　　①言君子当见几而作，祸已迫则不能去矣。

【译文】

　　孟子说："没有罪而随便杀士人，那么，大夫便可以远离而去；没有罪而随意屠戮百姓，那么，士人便可以搬到别处。"

第五章

【原文】

　　孟子曰："君仁莫不仁，君义莫不义。"

【译文】

孟子说："君主行仁，就没有人不仁；君主行义，就没有人不义。"

第六章

【原文】

孟子曰："非礼之礼，非义之义，大人弗为。"①

【注释】

①察理不精，故有二者之蔽。大人则随事而顺理，因时而处宜，岂为是哉？

【译文】

孟子说："实质上不是礼的'礼'，实质上不是义的'义'，有品德的人决不愿干。"

【原文】

孟子曰："中①也养②不中，才③也养不才，故人乐有贤父兄④也。如中也弃不中，才也弃不才，则贤不肖之相去，

李斯下诏杀蒙恬扶苏

其间不能以寸。⑤”

【注释】

①无过不及之谓中。

②养，谓涵育熏陶，俟其自化也。

③足以有为之谓才。

④乐，音洛。贤，谓中而才者也。乐有贤父兄者，乐其终能成己也。

⑤为父兄者，若以子弟之不贤，遂遽绝之而不能教，则吾亦过中而不才矣。其相去之间，能几何哉？

【译文】

孟子说："品德修养好的人去教化品德修养不好的人，有才有能的人去教化无才无能的人。因此人们都很乐意能有贤能的父兄。如果品德修养好的人厌弃品德修养不好的人，有才有能的厌弃无才无能的人，那么，贤良者与很不像样者

781

之间的差距，接近得没法用寸去核计。”

第七章

【原文】

孟子曰：“人有不为也，而后可以有为。”①

【注释】

①程子曰：“有不为，知所择也。惟能有不为，是以可以有为。无所不为者，安能有所为邪？”

【译文】

孟子说：“一个人要有所不为，然后才能达到有所为。”

第八章

【原文】

孟子曰：“言人之不善，当如后患何！”①

【注释】

①此亦有为而言。

【译文】

孟子说："散播他人的缺点，招来后患如何是好？"

第九章

【原文】

孟子曰："仲尼不为已甚者。"①

【注释】

①已，犹太也。杨氏曰："言圣人所为，本分之外，不加毫末。非孟子真知孔子，不能以是称之。"

【译文】

孟子说："孔夫子（仲尼）不做（办事）太过火的人。"

第十章

【原文】

孟子曰："大人者，言不必信，行不必果，惟义所在。"①

【注释】

①必，犹期也。行，去声。大人言、行，不先期于信果，但义之所在，则必从之，卒亦未尝不信、果也。

【译文】

孟子说：“作为有道德修养的君子，言谈不拘泥于守信，行为不拘泥于果敢，只是依据义理的所在指导言行举止。”

第十一章

【原文】

孟子曰：“大人者，不失其赤子之心者也。”①

【注释】

①大人之心，通达万变；亦子之心，则纯一无伪而已。然大人之所以为大人，正以其不为物诱，而有以全其纯一无伪之本然，是以扩而充之，则无所不知，无所不能，而极其大也。

【译文】

孟子说：“所说的高尚君子，就是没有失去他那婴儿一般纯朴之心的人。”

第十二章

【原文】

孟子曰："养生者，不足以当大事；惟送死，可以当大事。"①

【注释】

①养，去声。事生固当爱敬，然亦人道之常耳。至于送死，则人道之大变。孝子之事亲，舍是先以用其力矣；——故尤以为大事而必诚必信，不使少有后日之悔也。

【译文】

孟子说："奉养健在父母是人间常事，只有给父母送终安葬办好丧事才可以算作是大事。"

第十三章

【原文】

孟子曰："君子深造之以道①，欲其自得之也。自得之，则居之安；居之安，则资②之深；资之深，则取之左右逢其原③。故君子欲其自得之也。"④

【注释】

①造，七到反。诣也，深造之者，进而不已之意。道，则其进为之方也。

②资，犹藉也。

③左右，身之两旁，言至近而非一处也。逢，犹值也。原，本也，水之来处也。言君子务于深造而必以其道者，欲其有所持循，以俟夫默识心通，自然而得之于己也。自得于己，则所以处之者安固而不摇；处之安固，则所藉者深远而无尽；所藉者深，则日用之间，取之至近，无所往而不值其所资之本也。程子曰："学不言而自得者，乃自得也；有安排布置者，皆非自得也。然必潜心积虑，优游餍饫于其间，然后可以有得；若急迫求之，则是私己而已，终不足以得之也。"

【译文】

孟子说："君子用高尚道德对学问来加深造诣，目的是希望自己自觉地获得学问。自己自觉地获得学问才能处之安然，处之安然才能深入地坚守它，深入地坚守它才能得心应手、左右逢源，所以君子希望自己自觉地获得学问。"

第十四章

【原文】

孟子曰："博学而详说之，将以反说约也。"①

【注释】

①言所以博学于文而详说其理者，非欲以夸多而斗靡也；欲其融会贯通，有以反而说到至约之地耳。盖承上章之意而言，学非欲其徒博，而亦不可以径约也。

【译文】

孟子说："广博地学习而且详尽地解说，目的是要融会贯通以此回归到论说精辟简约的境界。"

第十五章

【原文】

孟子曰："以善服人者，未有能服人者也；以善养人，然后能服天下。天下不心服而王者，未之有也。"①

【注释】

①王，去声。服人者，欲以取胜于人。养人者，欲其同归于善。盖心之公私小异，而人之向背顿殊。学者于此不可以不审也。

【译文】

孟子说："用自己的长处去折服他人，未曾能使他人折服；用自己的长处去仁爱、教育他人，然后才能使天下的人心服。天下的人不心服而能够称王天下的，还未曾有过。"

第十六章

【原文】

孟子曰："言无实不祥。不祥之实，蔽贤者当之。"①

【注释】

①或曰："天下之言，无有实不祥者，惟蔽贤为不祥之实。"或曰："言而无实者不祥，故蔽贤为不祥之实。"二说不同，未知孰是，疑或有阙文焉。

【译文】

孟子说："言谈不符合实际情况是很不好的。这种不好的恶果，只有那些埋没贤才的人要承担它。"

第十七章

【原文】

徐子曰："仲尼亟①称于水曰：'水哉，水哉！②'何取于水也？"孟子曰："原泉混混，不舍昼夜，盈科而后进，放乎四海。有本者如是。是之取尔③。苟为无本，七八月之间雨集，沟浍皆盈；其涸也，可立而待也④。故声闻过情，君子耻之。⑤"

【注释】

①亟，去吏反。数也。

②水哉水哉，叹美之辞。

③原泉，有原之水也。混混，涌出之貌。舍、放，皆上声。不舍昼夜，言常出不竭也。盈，满也。科，坎也。言其进以渐也。放，至也。言水有原本，不已而渐进以至于海，如人有实行，则亦不已而渐进以至于极也。

④集，聚也。浍，古外反。田间水道也。涸，下各反。乾也。如人无实行，而暴得虚誉，不能长久也。

⑤闻，去声，声闻，名誉也。情，实也。耻者，耻其无实而将不继也。

【译文】

徐子问："孔子多次称赞水，说：'水啊，水啊！'他认为水有什么可取之处呢？"

孟子回答说："有源的泉水滚滚往下流，不分白天和黑夜，把低洼的地方灌满，又继续向前，一直流到大海。有源的都是这样，孔子就取它这一点罢了。如果没有源头，到七八月间雨水多，把大小沟渠都灌满了；但它们干枯也是很快的。所以声望和名誉超过实际的，君子认为是耻辱的事。"

第十八章

【原文】

孟子曰："人之所以异于禽兽者几希，庶民去之，君子存之①。舜明于庶物，察于人伦②；由仁义行，非行仁义也。③"

【注释】

①几希，少也。庶，众也。人物之生，同得天地之理以为性，同得天地之气以为形；其不同者独人于其间得形气之正，而能有以全其性，为少异耳。虽曰少异，然人物之所以分，实在于此。众人不知此而去之，则名虽为人，而实无以异于禽兽；君子知此而存之，是以战兢惕厉，而卒能有以全其所受之理也。

②物，事物也，明则有以识其理也。人伦，说见前篇，察则有以尽其理之详也。物理固非度外，而人伦尤切于身，故其知之有详略之异，在舜则皆生而知之也。

③由仁义行，非行仁义，则仁义已根于心，而所行皆从此出，非以仁义为美，而后勉强行之，所谓安而行之也。此则圣人之事，不待存之而无不存矣。

【译文】

孟子说："人和禽兽不同的地方只有那么一点点，普通老百姓抛弃了它，君子保存了它。舜明白事物的道理，了解人类的常情，是从仁义出发行事的，不是把仁义作为手段来施行的。"

第十九章

【原文】

孟子曰："禹恶旨酒，而好善言①。汤执中②，立贤无方③。文王视民如伤，望道而未之见④。武王不泄迩，不忘远⑤。周公思兼三王，以施四事。其有不合者，仰而思之，夜以继日；幸而得之，坐以待旦。⑥"

列国尊贤

【注释】

①恶、好，皆去声。《战国策》曰："仪狄作酒，禹饮而甘之，曰后世必有以酒亡其国者，遂疏仪狄而绝旨酒。"《书》曰："禹拜昌言。"

②执，谓守而不失。中者，无过不及之名。

③方，犹类也。立贤无方，惟贤则立之于位，不问其类也。

④而，读为"如"，古字通用。民已安矣，而视之犹若有伤，道已至矣，而望之犹若未见。圣人之爱民深而求道切如此。不自满足，终日乾乾之心也。

⑤泄，狎也。迩者人所易狎而不泄，远者人所易忘而不忘，德之盛，仁之至也。

⑥三王，禹也，汤也，文武也。四事，上四条之事也。时异势殊，故其事或有所不合，思而得之，则其理初不异矣。坐以待旦，急于行也。此承上章言舜，因历叙群圣以继之，而各举其一事，以见其忧勤惕厉之意。盖天理之所以常存，而人心之所以不死也。

【译文】

孟子说："禹不喜欢美酒而喜欢有益的话。汤坚持中正之道，推举贤人不拘泥于一定的常规。周文王看待百姓好像他们受了伤害不忍心侵扰，寻求正道又好像没有见到，毫不自满。周武王不轻侮身旁的臣子，不遗忘四方的诸侯。周公想要兼学夏、商、周三代的君主，以实行禹、汤、周文王和周武王四人的事业；如果有不符合的地方，抬着头思考，白天想不好，夜里接着想；幸而想通了，就坐着等待天亮立即实行。"

第二十章

【原文】

孟子曰："王者之迹熄而《诗》亡[1]，《诗》亡，然后《春秋》作[2]。晋之《乘》[3]，楚之《梼杌》[4]，鲁之《春秋》[5]，一也[6]。'其事则齐桓、晋文，其文则史。'孔子曰：'其义则丘窃取之矣[7]。'"

【注释】

①王者之迹熄，谓平王东迁，而政教号令不及于天下也。《诗》亡，谓《黍离》降为《国风》而《雅》亡也。

②《春秋》，鲁史记之名，孔子因而笔削之。始于鲁隐公之元年，实平王之四十九年也。

③乘，去声。乘，义未详。赵氏以为兴于田赋乘马之事。或曰："取记载当时行事而名之也。"

④梼，音逃。杌，音兀。梼杌，恶兽名，古者因以为凶人之号，取记恶垂戒之义也。

⑤《春秋》者，记事者必表年以首事，年有四时，故错举以为所记之名也。

⑥古者列国皆有史官，掌记时事，此三者皆其所记册书之名也。

⑦春秋之时，五霸迭业，而桓文为盛。史，史官也。窃取者，谦辞也。《公羊传》作"其辞则丘有罪焉尔"，意亦如此。盖言断之在己，所谓"笔则笔，削则削，游、夏不能赞一辞"者也。

【译文】

孟子说："圣王采诗的盛事废除了，《诗》也就消亡了，《诗》消亡了然后才创作了《春秋》。晋国的《乘》，楚国的《梼杌》，鲁国的《春秋》，都是一样的。它们所记载的不过是齐桓公、晋文公等人的事情，它们的文风则是史书的笔法。孔子说：'它们寓善恶褒贬的大义我已经采用了。'"

第二十一章

【原文】

孟子曰："君子之泽，五世而斩；小人之泽，五世而斩①。予未得为孔子徒也，予私淑诸人也。②"

【注释】

①泽，犹言流风余韵也。父子相继为一世，三十年亦为一世。斩，绝也。大约君子小人之泽，五世而绝也。杨氏

曰："四世而缌，服之穷也；五世袒免，杀同姓也；六世亲属竭矣。服穷，则遗泽寖微，故五世而斩。"

②私，犹窃也。淑，善也。李氏以为方言，是也。人，谓子思之徒也。自孔子卒，至孟子游梁时，方百四十余年，而孟子已老。然则孟子之生，去孔子未百年也。故孟子言予虽未得亲受业于孔子之门，然圣人之泽尚存，犹有能传其学者，故我得闻孔子之道于人，而私窃以善其身。盖推尊孔子而自谦之辞也。此又承上三章，历叙舜、禹至于周、孔，而以是终之。其辞虽谦，然其所以自任之重，亦有不得而辞者矣。

【译文】

孟子说："君子的流风余韵五代以后就中断了，小人的流风余韵五代以后也中断了。我没有能够成为孔子的学生，我是私下向众人学习的。"

第二十二章

【原文】

孟子曰："可以取，可以无取，取伤廉；可以与，可以无与，与伤惠；可以死，可以无死，死伤勇。"①

【注释】

①先言可以者，略见而自许之辞也；后言可以无者，深察而自疑之辞也。过取固害于廉，然过与亦反害其惠，过死亦反害其勇。盖过犹不及之意也。林氏曰："公西华受五秉之粟，是伤廉也；冉子与之，是伤惠也；子路之死于卫，是伤勇也。"

【译文】

孟子说："可以拿，也可以不拿，拿了会损害廉洁；可以给，也可以不给，给了会损害恩惠；可以死，也可以不死，死了会损害勇敢。"

第二十三章

【原文】

逢蒙①学射于羿②，尽羿之道，思天下惟羿为愈③己，于是杀羿。孟子曰："是亦羿有罪焉。"公明仪曰："宜若无罪焉。"曰："薄④乎云尔，恶⑤得无罪？郑人使子濯孺子侵卫，卫使庚公之⑥斯追之。子濯孺子曰：'今日我疾作，不可以执弓，吾死矣夫。'问其仆⑦曰：'追我者谁也？'其仆曰：'庚公之斯也。'曰：'吾生矣。'其仆曰：'庚公之斯，卫之善射者也。夫子曰吾生，何谓也？'曰：'庚公之斯学射于尹公之他⑧，尹公之他学射于我。夫尹⑨公之他，端人也，其取友必端矣。⑩’庾公之斯至，曰：‘夫子何为不执弓？’曰：‘今日我疾作，不可以执弓。’曰：‘小人⑪学射于尹公之他，尹公之他学射于夫子。我不忍以夫了之道，反害夫子。虽然，今日之事，君事也，我不敢废。’抽矢扣轮，去其金⑫，发乘矢⑬，而后反。”⑭

【注释】

①逢，薄江反。逢蒙，羿之家众也。

②羿，有穷后羿也。羿善射，篡夏自立，后为家众所杀。

③愈，犹胜也。

④薄，言其罪差薄耳。

⑤恶，阴平。

⑥之，语助也。

⑦仆，御也。

⑧他，徒阿反。尹公他，亦卫人也。

⑨“夫尹”之夫，音扶。

⑩端，正也。孺子以尹公正人，知其取友必正，故度庾公必不害己。

⑪小人，庾公自称也。

⑫去，去声。金，镞也。扣轮出镞，令不害人，乃以射也。

⑬乘，去声。乘矢，四矢也。

⑭孟子言：使羿如子濯孺子，得尹公他而教之，则必无

逢蒙之祸。然夷羿篡弑之贼，蒙乃逆俦；庾斯虽全私恩，亦废公义。其事皆无足论者，孟子盖特以取友而言耳。

【译文】

逢蒙向羿学习箭法，把羿的射箭术都学到了手，想想天下只有羿本人的箭术超过自己，就杀害了羿。谈到这件事，孟子说："羿本人也要承担责任啊。"

公明仪不同意，说道："好像羿没什么过错啊。"

孟子说："只是过错小些，怎能说没过错呢？过去郑国曾派子濯孺子进犯卫国，卫国派庾公之斯去追击敌人。子濯孺子说：'今天我病了，不能开弓放箭。我要死了啊！'问驾车人：'是谁追我们呢？'车夫说：'是庾公之斯。'孺子说：'我又能活了！'车夫问：'庾公之斯是卫国著名的会射箭的人。大夫您却说能活了，是为什么呢？'子濯孺子说：'庾公之斯是向尹公之他学习的箭法，尹公之他又是向我学习的箭法。尹公之他这个人是一个正人君子，他选择的朋友一定也是正人君子。'庾公之斯赶来问道：'先生为什么不拿起弓。'子濯孺子说：'今天我病了，不能开弓放箭。'庾公之斯说：'我是向尹公之他学习的箭法，而他又是向您学习的。我不忍心用从您那里学来的箭法伤害您自己。但是今天的战斗又是君主的大事，我不敢不做。'便取出箭敲击车轮，去掉箭头，射出四支箭，然后才回去。"

第二十四章

【原文】

孟子曰："西子蒙不洁①，则人皆掩鼻②而过之。虽有恶人③，齐④戒沐浴，则可以祀上帝。"⑤

【注释】

①西子，美妇人。蒙，犹冒也。不洁，污秽之物也。

②掩鼻，恶其臭也。

③恶人，丑貌者也。

④齐，侧皆反。

⑤尹氏曰："此章戒人之丧善，而勉人以自新也。"

【译文】

孟子说："西施这样的美人要是头上蒙着肮脏的东西，人们都会捂着鼻子快步地走过去。即使是相貌丑陋的人，如果他斋戒又洗净了全身，也就可以祭祀上天。"

第二十五章

【原文】

孟子曰："天下之言性也，则故而已矣。故者以利为本①。所恶于智者，为其凿也。如智者若禹之行水也，则无恶于智矣。禹之行水也，行其所无事也②。如智者亦行其所无事，则智亦大矣。天之高也，星辰之远也，苟求其故，千岁之日至，可坐而致也。③"

【注释】

①性者，人物所得以生之理也。故者，其已然之迹，若所谓天下之故者也。利，犹顺也，语其自然之势也。言事物之理，虽若无形而难知，然其发见之已然，则必有迹而易见，故天下之言性者，但言其故而理自明，犹所谓善言天者必有验于人也。然其所谓故者，又必本其自然之势，如人之善，水之下，非有所矫揉造作而然者也。若人之为恶，水之在山，则非自然之故矣。

②恶、为，皆去声。天下之理，本皆顺。利小智之人，务为穿凿，所以失之。禹之行水，则因其自然之势而导之，未尝以私智穿凿而有所事，是以水得其润下之性而不为害也。

③天虽高，星辰虽远，然求其已然之迹，则其运有常，虽千岁之久，其日至之度，可坐而得。况于事物之近，若因其故而求之，岂有不得其理者，而何以穿凿为哉？必言日至

得，造历者以上古十一月甲子朔夜半冬至为历元也。

【译文】

孟子说："天下人讨论人性，看着已经发生的事情就行了。过去的事情以顺应自然为根本。小聪明之所以令人讨厌，就在于小聪明好违背事物的本性，穿凿附会。如果聪明人能像大禹治水那样顺其自然，聪明也就不讨厌了。大禹治水，是顺应水的本性而不是硬去多事。如果今天的聪明人也能顺应事物本性，也可说是大智慧了。天很高，星星很遥远，如果根据它们过去的运行情况，千年之后的冬至也是可慢慢算出来的。"

第二十六章

【原文】

公行子①有子之丧，右师②往吊。入门，有进而与右师言者，有就右师之位而与右师言者。孟子不与右师言，右师不悦，曰："诸君子皆与骦言，孟子独不与骦言，是简③骦也。"孟子闻之，曰："礼，朝廷不历位而相与言④，不逾阶而相揖也。我欲行礼⑤，子敖以我为简，不亦异乎？"

【注释】

①公行子，齐大夫。

②右师，王骦也。

③简，略也。

④朝，音潮。是时齐卿大夫以君命吊，各有位次。若周礼，凡有爵者之丧礼，则职丧蒞其禁令，序其事，故云朝廷也。历，更涉也。位，他人之位也。

⑤右师未就位而进与之言，则右师历已之位矣；右师已就位而就与之言，则已历右师之位矣。孟子、右师之位，又不同阶，孟子不敢失此礼，故不与右师言也。

【译文】

公行子办儿子的丧事，右师前往吊唁。进门后，有人上前跟右师交谈，有人凑到右师的席位和他交谈。孟子没有和右师交谈，右师不高兴地说："诸位大夫都和我王驩交谈，只有孟子不和我说话，这是对我的轻慢。"

孟子听说这话后，说："礼仪规定，在朝廷不越过位次相互交谈，不跨越石阶相互作揖。我想按礼制行事，子敖却认为我对他轻慢，不也是怪事吗？"

第二十七章

【原文】

孟子曰："君子所以异于人者，以其存心也。君子以仁存心，以礼存心①。仁者爱人，有礼者敬人②。爱人者，人恒爱之；敬人者，人恒敬之③。有人于此，其待我以横逆④，则君子必自反也：我必不仁也，必无礼也，此物⑤奚宜至哉？其自反而仁矣，自反而有礼矣，其横逆由⑥是也，君子必自反也：'我必不忠。⑦' 自反而忠矣，其横逆由是也，君子曰：'此亦妄人也已矣，如此则与禽兽奚择⑧哉？与禽兽又何难焉⑨！' 是故君子有终身之忧，无一朝之患也。乃若所忧则有之：舜，人也；我，亦人也。舜为法于天下，可传于后世，我由未免为乡人⑩也，是则可忧也。忧之如何？如舜而已矣。若夫⑪君子所患，则亡矣。非仁无为也，非礼无行也。如有一朝之患，则君子不患矣。⑫"

【注释】

①以仁、礼存心，言以是存于心而不忘也。

②此仁、礼之施。

③此仁、礼之验。恒，胡登反。

④横，去声，下同。横逆，谓强暴不顺理也。

⑤物，事也。

⑥由，与犹同，下放此。

⑦忠者，尽己之谓。我必不忠，恐所以爱敬人者，有所不尽其心也。

⑧奚择，何异也。

⑨难，去声。又何难焉。言不足与之校也。

⑩乡人，乡里之常人也。

⑪夫，音扶。

⑫君子存心不苟，故无后忧。

【译文】

孟子说："君子和常人的区别，就在于他的存心。君子

道承三圣

把仁爱存于心，把礼让存于心。仁人爱护他人，有礼的人尊敬他人。爱他人的人常常被人爱护，敬他人的人常常受人尊敬。假如这儿有个人，他蛮横粗暴地对待我，那么君子必定会反躬自省：我一定是不仁，一定是无礼，否则怎么会发生这样的事呢？他自省做到了仁，自省做到了有礼。而那人的横蛮粗暴依然如故，君子再反躬自省：我一定是不忠，自省做到了忠。而那人的横蛮粗暴不变，君子就认为：'这不过是个狂人而已。像这样，与禽兽有何区别？对禽兽又有什么可计较、责难的呢？'因此君子有终身的忧虑，而没有一时的担心。至于他所忧虑的事情比如有：舜是人，我也是人。舜为天下作了榜样，可以传到后世，我则还不免是个乡里的普通人，这才是值得忧虑的。忧虑这些又怎么办呢？向舜学习就行了。至于君子担心的事就没有了。不仁的事不干，无礼的事不做，即使有一时的祸患，君子也不用担心。"

第二十八章

【原文】

　　"'禹、稷当平世，三过其门而不入。'孔子贤之[1]。'颜子当乱世，居于陋巷，一箪食[2]，一瓢饮。人不堪其忧，颜子不改其乐[3]。'孔子贤之。"孟子曰："禹、稷、颜回同道[4]。禹思天下有溺者，由己溺之也；稷思天下有饥者，由己饥之也：是以如是其急也[5]。禹、稷、颜子，易地则皆然[6]。今有同室之人斗者，救之，虽被发缨冠而救之，可也⑦。乡邻有斗者，被发缨冠而往救之，则惑也，虽闭户可也。"

【注释】

①事见前篇。

②食，音嗣。

③乐，音洛。

④圣贤之道，进则救民，退则修己，其心一而已矣。

⑤由，与犹同。禹、稷身任其职，故以为己责而救之急也。

⑥圣贤之心无所偏倚，随感而立，各尽其道，故使禹、稷居颜子之地，则亦能乐颜子之乐；使颜子居禹稷之任，亦能忧禹稷之忧也。

⑦不暇束发，而结缨往救，言急也。以喻禹、稷。

【译文】

禹、稷处在太平之世，三次经过自家门口却不进去，孔子赞许他们。颜回身处动乱时代，住在狭小的巷子里，一筐饭，一瓢水的生活；别人受不了这样的清苦，颜回却不因此改变内心的快乐，孔子赞许他。孟子说："禹、稷、颜回有共同的美德。禹想到天下有遭水灾的，如同是自己使他们遭水灾一样；稷想到天下有挨饿的，如果是自己使他们挨饿一样，因此才会如此急人所急。禹、稷、颜子互相换个位置也都会做同样的事情。现在如有同屋的人相互争斗，应当去解救他们，即使披散着头发戴上帽子去也没关系。而乡邻间有人争斗，披散头发戴上帽子急忙去援救，就太糊涂了，这时即使是闭门不理也是可以的。”

第二十九章

【原文】

公都子曰："匡章①，通国②皆称不孝焉。夫子与之游，又从而礼貌③之，敢问何也？"孟子曰："世俗所谓不孝者五：惰其四支，不顾父母之养，一不孝也；博弈好饮酒，不顾父亲之养，二不孝也；好货财，私妻子，不顾父母之养，三不孝也。从④耳目之欲，以为父母戮⑤，四不孝也；好勇斗狠⑥，以危父母，五不孝也。章子有一于是乎？"夫章子，子父责善而不相遇也⑦。责善，朋友之道也。父子责善，贼恩之大者⑧。"夫章子，岂不欲有夫妻子母之属哉？为得罪于父，不得近；出妻屏子，终身不养焉。其设心以为不若是，是则罪之大者⑨，是则章子已矣。"

【注释】

①匡章，齐人。

②通国，尽一国之人也。

③礼貌，敬之也。

④养、好、从，皆去声。

⑤戮，羞辱也。

⑥很，胡恳反。忿戾也。

⑦夫，音扶。遇，合也。相责以善而不相合，故为父所逐也。

⑧贼，害也。朋友当相责以善，父子行之，则害天性之恩也。

⑨"夫章"之夫，音扶。为，去声。屏，必井反。养，去声。言章子非不欲身有夫妻之配，子有子母之属，但为身不得近于父，故不敢受妻子之养，以自责罚。其心以为不如此，则其罪益大也。此章之旨，于众所恶而必察焉，可以见圣贤至公至仁之心矣。

【译文】

公都子说："匡章，全国都说他不孝，您却同他来往，还相当敬重他，请问这是为什么？"孟子说："一般人所说的不孝的事有五件：四肢不勤，不赡养父母，一不孝；好下棋喝酒，不赡养父母，二不孝；好钱财，偏爱妻室儿女，不赡养父母，三不孝；放纵耳目的欲望，使父母蒙受羞辱，四不孝；逞勇敢好打架，危及父母，五不孝。章子在这五项之中占了一项吗？章子不过是父子中间以善相责而把关系弄僵了罢了。以善相责，这是朋友相处之道；父子之间以善相责，是最伤感情的事。那章子，难道不想有夫妻母子的团聚吗？就因为得罪了父亲，不能和他亲近，因此把自己的妻室也赶出去；把儿子也赶走了，终身不要他们赡养。他觉得不这样做，那罪过可更大了，这就是章子的为人哩。"

第三十章

【原文】

曾子居武城[1]，有越寇。或曰："寇至，盍[2]去诸？"曰："无寓人于我室，毁伤其薪木。"寇退，则曰："修我墙屋，我将反。"寇退，曾子反。左右[3]曰："待先生如此其忠且敬也[4]，寇至则先去以为民望，寇退则反，殆于不可。"沈犹行[6]曰："是非汝所知也。昔沈犹（又作沈犹行）有负刍之祸，从先生者七十人，未有与焉。[7]"子思居于卫。有齐寇。或曰："寇至，盍去诸？"子思曰："如伋去，君谁与守？[8]"孟子曰："曾子、子思同道。曾子师也，父兄也；子思臣也，微[9]也。曾子子思，易地则皆然。"

【注释】

①武城，鲁邑名。

②盍，何不也。

③左右，曾子之门人也。

④忠、敬，言武城之大夫事曾子忠诚恭敬也。

⑤为民望，言使民望而效之。

⑥沈犹行，弟子姓名也。

⑦与，去声。言曾子尝舍于沈犹氏，时有负刍者作乱，来攻沈犹氏，曾子率其弟子去之，不与其难。言师宾不与

臣同。

　　⑧言所以不去之意如此。
　　⑨微，犹贱也。

【译文】

　　曾子住在武城时，越国军队来侵犯。有人便说："敌寇要来了，何不离开一下呢？"曾子说："〔好吧，但是〕不要使别人借住在我这里，破坏那些树木。"敌寇退了，曾子便说："把我的墙屋修理修理吧，我要回来了。"敌寇退了，曾子也回来了。他旁边的人说："武城军民对您是这样的忠诚恭敬，敌人来了，便早早地走开，给百姓做了个坏榜样；敌寇退了，马上回来，这恐怕不可以吧？"沈犹行说："这个不是你们所晓得的。从前先生住在我那里，有个名叫负刍的捣乱，跟随先生的七十个人也都早早地走开了。"子思住在卫国，齐国军队来侵犯。有人说："敌人来了，何不走开呢？"子思说："如果连我也走开了，君主同谁来守城呢？"

　　孟子说："曾子、子思其实殊途同归。曾子是老师，是前辈；子思是臣子，是小官。曾子、子思如果对换地位，他们也会像对方那样做的。"

第三十一章

【原文】

储子①曰："王使人瞯②夫子，果有以异于人乎？"孟子曰："何以异于人哉？尧、舜与人同耳。"③

【注释】

①储子，齐人也。

②瞯，古苋反。窃视也。

③圣人亦人耳，岂有异于人哉？

【译文】

储子说："王派人来窥探您，看果真有什么跟一般人不同的地方吗？"孟子说："有什么跟别人不同的地方呢？尧、舜也同一般人一样呢。"

第三十二章

【原文】

①齐人有一妻一妾而处室者，其良人②出，则必餍③酒

肉而后反。其妻问所与饮食者，则尽富贵也。其妻告其妾曰：
"良人出，则必餍酒肉而后反；问其与饮食者，尽富贵也，
而未尝有显者④来，吾将瞷良人之所之也。"蚤起，施⑤从良
人之所之，遍国中无与立谈者。卒之东郭墦⑥间，之祭者，
乞其余；不足，又顾⑦而之他——此其为餍足之道也。其妻归，
告其妾，曰："良人者，所仰望而终身也，今若此。"与其
妾讪⑧其良人，而相泣于中庭，而良人未之知也，施施⑨从外
来，骄其妻妾。由君子观之，则人之所以求富贵利达者，其
妻妾不羞也，而不相泣者，几希矣！⑩

【注释】

①章首当有"孟子曰"字，阙文也。

②良人，夫也。

③餍，饱也。

④显者，富贵人也。

⑤施：音迤，又音易；邪施而行，不使良人知也。

⑥墦，音燔。冢也。

⑦顾，望也。

⑧讪，怨詈也。

⑨施施，如字。喜悦自得之貌。

⑩孟子言自君子而观，今之求富贵者，皆若此人耳。使
其妻妾见之，不羞而泣者少矣。言可羞之甚也。

【译文】

齐国有一个人，家里有一妻一妾。丈夫每次外出，一定

是酒足饭饱才回家。他妻子问他一起吃喝的是些什么人，他说都是些有钱有势的人。他妻子便告诉他的妾说："丈夫外出，一定酒足饭饱后才回来。问他同什么人一起吃喝，他说都是有钱有势的人，但是从没见过什么显贵的人物到我们家里来。我打算偷偷看他究竟到什么地方去吃喝。"

第二天清早起来，她悄悄地尾随在丈夫后边，走遍全城，也没有见一个人停下来同他丈夫说话。最后一直走到东郊的坟地，她丈夫便走到祭扫坟墓的人那里，乞讨一点残酒剩菜；还不够，又东张西望，到别处去乞讨。——这就是他酒足饭饱的办法。

他妻子回到家里，把这些情况告诉他的妾，并说："丈夫，是我们仰望并终身依靠的人，他现在竟是这样。"于是她两人便在庭中咒骂着、哭泣着，而丈夫还不知道，兴高采烈地从外面回来了，在他的两个女人面前耍威风。

在君子看来，有些人乞求升官发财的方法，能不使他的妻妾引以为耻而相对哭泣的，实在太少了！

万章上

第一章

【原文】

　　万章问曰："舜往于田，号泣于旻天①。何为其号泣也？"孟子曰："怨慕②也。"万章曰："父母爱之，喜而不忘；父母恶③之，劳而不怨。然则舜怨乎？"曰："长息④问于公明高⑤曰：'舜往于田，则吾既得闻命矣；号泣于旻天、于父母⑥，则吾不知也。'公明高曰：'是非尔所知也。'夫⑦公明高以孝子之心，为不若是恝⑧。'我竭力耕田，共为子职而已矣。父母之不我爱，于我何哉？⑨'帝⑩使其子九男二女，百官牛羊仓廪备，以事舜于畎亩之中。天下之士多就之者⑪，帝将胥⑫天下而迁之⑬焉。为⑭不顺于父母，如穷人无所归⑮。天下之士悦之，人之所欲也，而不足以解忧；好色，人之所欲；妻帝之二女，而不足以解忧；富，人之所欲，富有天下，而不足以解忧；贵，人之所欲，贵为天子，而不足以解忧。人悦之，好色，富贵，无足以解忧者；惟顺于父母。可以解忧[16]。人少，则慕父母；知好色，则慕少艾；有妻子，则慕妻子；仕则慕君，不得于君，则热中。大孝，终身慕父母。五十而慕者，予于大舜见之矣。[17]"

【注释】

①舜往于田，耕历山时也。仁覆闵下，谓之旻天。号，阴平。号泣于旻天，呼天而泣也。事见《虞书·大禹谟》篇。

②怨慕，怨己之不得其亲而思慕也。

③恶，去声。

④长息，公明高弟子。

⑤公明高，曾子弟子。

⑥"于父母"，亦《书》辞，言呼父母而泣也。

⑦夫，音扶。

⑧恝，苦八反。音夹。无愁貌。

⑨共，阴平。敬。通"恭"。

⑩帝，尧也。

⑪《史记》云："二女妻之，以观其内；九男事之，以观其外。"又言："一年所居成聚，二年成邑，三年成都。"是天下之士就之也。

⑫胥，相视也。

⑬迁之，移以与之也。

⑭为，去声。

⑮"如穷人之无所归"，言其怨慕迫切之甚也。

⑯孟子推舜之心如此，以解上文之意。极天下之欲，不足以解忧，而惟顺于父母，可以解忧，孟子真知舜之心哉。

⑰言常人之情因物有迁，惟圣人为能不失其本心也。少、好，皆去声。艾，美好也。《楚辞》、《战国策》所谓幼艾，义与此同。不得，失意也。热中，躁急心热也。言"五十"者，舜摄政时年五十也。"五十而慕"，则其终身慕可知矣。

【译文】

万章问道："舜到地里去耕种，望着秋高气爽的天空哭诉着，他为什么要哭诉呢？"

孟子答道："这是由于舜对父母有着怨望和怀恋交织的感情的缘故。"

万章说："（从前曾子说过：）'父母要是喜欢自己，自己心里虽然高兴，但却不敢对做儿子的职责有所遗忘懈怠；父母要是厌恶自己，自己心里尽管不免忧愁，但却不敢埋怨父母。'那么，舜是不是抱怨父母呢？"

孟子说："长息曾问过公明高：'舜去地里耕种，这个我已能理解；但他一面喊着天一面喊着父母，又哭又诉，我就不懂这是为什么。'公明高说：'这个不是你能理解得了的。'在公明高看来，一个孝子的心对于父母对自己的爱恶决不能这样无动于衷，我尽力耕田，恭恭敬敬地尽着做儿子的本职罢了，至于父母不爱我，对我有什么关系呢？帝尧叫他的九个男孩两个女孩，还有百官带着牛羊，囤积粮食，应有尽有，到田野里去侍候舜，天下的士人也多有投奔到他门下的，尧帝将把整个天下让给舜。因为不能使父母顺心，自己就像穷困的人没有归宿一样。天下的士人喜欢自己，这本是人们的愿望，但却不足以解除舜的忧愁；爱好美色，本也是人们的愿望，但舜娶了尧的两个女儿，却不足以解除忧愁；富有，本是人们的愿望，但舜拥有天下的财富，却不足以解除忧愁；尊贵，本也是人们的愿望，但舜获得了身为天子的尊贵，还不足以解除忧愁。（对于舜来说，）人们喜欢自己、爱好美色、财多地位高，没有一样足以解除忧愁的，只有使父母顺心悦意才可以解除忧愁。（大抵）人在儿童时期，就只知怀恋父母；知道爱好美色了，就倾慕年轻而又漂亮的人；有了妻子，便宠爱妻子；走上了做官的道路，便就倾心于君主，要是得不到君主的信任，内心便要感到焦急烦躁。（只有）大孝的人才会终身怀恋父母。到了五十岁的年纪还怀恋父母的，我在大舜身上看到了。"

第二章

【原文】

万章问曰："《诗》①云：'娶妻如之何？必告父母。'信斯言也②，宜莫如舜。舜之不告而娶，何也？"孟子曰："告则不得娶。男女居室，人之大伦也。如告，则废人之大伦以怼父母③，是以不告也。"万章曰："舜之不告而娶，则吾既得

818

闻命矣。帝之妻④舜而不告，何也？”曰：“帝亦知告焉则不得妻也。⑤”万章曰：“父母使舜完廪，捐阶，瞽瞍焚廪。使浚井，出，从而掩之⑥。象⑦曰：‘谟盖都君咸我绩⑧。牛羊父母。仓廪父母；干戈朕，琴朕，弤朕⑨。二嫂使治朕栖⑩。’象往入舜宫，舜在床琴⑪。象曰：‘郁陶思君耳⑫。’忸怩⑬。舜曰：‘惟兹臣庶，汝其于予治。⑭’不识舜不知象之将杀己与⑮？”曰：“奚而不知也？象忧亦忧，象喜亦喜。⑯”曰：“然则舜伪喜者与⑰？”曰：“否。昔者有馈生鱼于郑子产，子产使校人⑱畜⑲之池。校人烹之，反命曰：‘始舍之，圉圉焉，少则洋洋焉，攸然而逝。⑳’子产曰：‘得其所哉！得其所哉。’校人出，曰：‘孰谓子产智？予既烹而食之，曰：‘得其所哉，得其所哉。’故君子可欺以其方㉑，难罔以非其道㉒。彼以爱兄之道来，故诚信而喜之，奚伪焉？”

【注释】

①诗，《齐国风·南山》之篇也。

②信，诚也，诚如此诗之言也。

③怼，直类反。雠怨也。舜父顽母嚚，常欲害舜，告则不听其娶，是废人之大伦，以仇怨于父母也。

④妻，去声。以女为人妻曰妻。

⑤程子曰：“尧妻舜而不告者，以君治之而已，如今之官府治民之私者亦多。”

⑥完，治也。捐，去也。阶，梯也。掩，盖也。按：《史记》曰：“使舜上涂廪，瞽瞍从下纵火焚廪，舜乃以两笠自捍而下去，得不死。后又使舜穿井，舜穿井为匿空旁出。

舜既入深，瞽瞍与象共下土实井。舜从匿空中出，去。”即其事也。

⑦象，舜异母弟也。

⑧谟，谋也。盖，盖井也。舜所居三年成都，故谓之都君。咸，皆也。绩，功也。舜既入井，象不知舜已出，欲以杀舜为己功也。

⑨干，盾也。戈，戟也。琴，舜所弹五弦琴也。弤，都礼反，琱弓也。象欲以舜之牛羊仓廪与父母，而自取此物也。

⑩二嫂，尧二女也。栖，床也。象欲使为己妻也。

⑪象往舜宫，欲分取所有，见舜生在床弹琴，盖既出即潜归其宫也。

⑫郁陶，思之甚而气不得伸也。象言己思君之甚，故来见尔。

⑬忸，女六反。怩，音尼。忸怩，惭色也。

⑭臣庶，谓其百官也。象素憎舜，不至其宫，故舜见其来而喜，使之治其臣庶也。

⑮与，平声。

⑯孟子言舜非不知其将杀己，但见其忧则忧，见其喜则喜，兄弟之情，自有所不能已耳。万章所言，其有无不可知，然舜之心，则孟子有以知之矣，他亦不足辨也。程子曰：“象忧亦忧，象喜亦喜，人情天理，于是为至。”

⑰与，平声。

⑱校，音效，又音教。校人，主池沼小吏也。

⑲畜，许六反。

⑳围围，困而未纾之貌。洋洋，则稍纵矣。攸然而逝者，自得而远去也。

㉑方，亦道也。欺以其方，谓诳之以理之所有。

㉒罔，蒙蔽也。罔以非其道，谓昧之以理之所无。

【译文】

万章问："《诗经》上说：'娶妻该怎么做？一定要先禀告父母。'相信这句话的人，应该没有谁比得上舜。然而舜没有先禀告父母，却娶了妻子，这是什么道理？"

孟子回答说："先禀告父母就娶不成妻子了。男女结婚，是人之间的常理。如果先禀告了，这个常理就会受到阻碍，造成对父母的怨恨，所以便不禀告了。"

万章又问："舜不禀告父母而娶妻，我已经懂得其中的道理了；帝尧把女儿嫁给舜，却不向舜的父母说一声，这又是什么道理？"

孟子回答说："帝尧也知道如果向舜的父母说明，女儿也就嫁不成了。"

万章说："舜的父母要舜去修缮粮仓，等舜上了屋顶，就把梯子拿掉，他父亲瞽瞍还放火烧粮仓。后来又要舜去淘井，不知道舜已经出来了，用土去把井堵死。舜的弟弟象说：'谋害舜都是我的功劳，牛羊分给父母，粮仓分给父母，兵器归我，琴归我，彤弓归我，两位嫂嫂替我收拾床铺。'象走向舜的住处，舜坐在床上弹琴。象说：'我好想念您啊！'但神色很慌张。舜说：'我想念着臣子和老百姓，你替我管理他们吧！'我弄不明白，舜难道不知道象要杀他吗？"

　　孟子说："舜怎么不知道呢？他的弟弟象忧愁，他也忧愁；象高兴，他也高兴。"

　　万章说："那么舜高兴的样子是假装的吗？"

　　孟子说："不是。从前有人送活鱼给郑国的子产，子产让管理池塘的小官把鱼养在池塘里。这个小官把鱼煮熟吃了，却回报说：'刚把鱼放进池塘，它还是半死不活的样子，不一会儿，就摇着尾巴活跃起来，很快就游向深处看不见了。'子产说："它找到好地方了！它找到好地方了！'这个小官出来后，说：'谁讲子产很聪明，我已经把鱼煮熟吃了，他还说它找到好地方了，它找到好地方了。'所以对于君子可以用合乎常情的办法来欺骗他，不能用违反道理的手段去蒙蔽他。象装扮出敬爱兄长的样子来，舜因此深信不疑并喜欢他，怎么可能是假装的呢？"